記得你的好

Remember Your Goodness

陳銘磻——著

一如往常
這一刻我會放在心上
唯你穿花納錦深深見

——獻給敬愛的讀者

目次

【前文】殘雪と新櫻の絆 009
初生 019
明明是我的人生 033
櫻花啊！ 045
少年夢部落 059

雨中消失的桔梗 067
今夜居酒屋 079
昭和鐵道途中 091
我在蘆屋聽風的歌 105
櫻花戀人 117
晴れ男 131
我的青春已過期 143
走過豐饒的八〇年代 155
桃園種了一棵生命樹 167
此去，行方不明 179

我只是碰巧路過大溪 191
風吹米粉寮 203
走進白瓷的故事裡 211
【報導】
飛越與沉澱的寫作之道
——陳銘磻的「大寫」人生／**郭瀅瀅** 221

【前文】

殘雪と新櫻の絆

從台北遷徙桃園多年，歲月在不言不語不回頭中闃然泯沒，怎麼思緒未及反應，在擁有千百口埤塘，已故導演齊柏林生前形容：「宛如散落一地的水晶，閃閃發光」的國門之都，日子過得如何？時光便揚揚自若的離去無蹤，險些驚惶到不知怎麼坦坦應對。

過去，新竹石坊里是我年少成長的家鄉，尖石那羅部落是青蔥少年心靈依託的仙鄉，台北是青壯中年奮進事業的城鄉；而今，桃園是後中年賦閒無爭的家園；兩腳共伴並行過的地方，後來都成為故鄉。

想來，能讓我在桃園安居的理由，竟是清幽的青蔥綠樹和寬闊公園，以及我對在地人文尚未熟稔的灰溜溜之際，出現的幾位藝文友人，彼此關懷相伴，多少消弭了對陌生環境的矛盾衝擊，這一群具有過人才氣的文學人，相互涵濡，是我用時間慢慢維繫起來的情誼，後來都成為寫作歷程，閃耀靈動意象，盡入心底的意外奇緣。

如果少了交情，少了互動，無論遷徙到任何地方，終將發現，人到底為何而活？如同此刻，把對於某些人、某些事的稱心介意融入尚有幾分韻味的記憶，喜歡就是喜歡，不喜歡也無須假惺惺的強顏歡笑；年逾古稀，面對現實，要懂從容自在，且能在已知的情況裡，看見內心世界的智慧，那便是：我決定跟著心走，在台北跌跤、受傷，就使勁放膽爬到他方，盡心竭力站起身來。

人有無患病，在於心有沒有病。從前，我是個寫作者、出版人，讀者對作品的評價差強人意，過去或更早以前，寫過不少探究生命價值與社會觀察的報導，我相信，明明確信已能領悟不少內涵，但領悟有何意義？想要持續書寫的念頭，無休止的增添我堅持的任性；於此，寫作讓我往本願更接近一些。

十九世紀建築家安東尼高第說：「世上沒有新的創造，擁有的只是發現。」生命本質是一個人活，難免要承受適應新鄉人生地不熟的不安定因素，並藉時間排解，步步釋懷；時常不安也不是辦法，身邊若有幾位熟人，心情或能多些生動；純然奇特，我確實在對的時機邂逅不少值得交往的人，喜歡或被喜歡從來都不會從天而降，是內心的給予，這該是緣由於與同為文學人和睦相處的玄奧吧！

隱逸里巷數年，做了些雜役，發表數十文學篇章，出版二十一本書，旅日十數回，光陰未曾虛度；二〇二二年盛夏，還讓尖石鄉公所在原民文化館，舉辦一場為期一個月的「陳銘磻文學展」，翌年春末，又在全台最美的桃園圖書館新總館舉行為期兩個月，盛大的「陳銘磻日本文學行旅私房收藏展」。天地庇佑，里居無恙，諸凡順遂。

遷居桃園是始料未及的事，蒼天垂憐，讓我意識到，後中年搬離台北羅斯福路舊居，或可招來好運，這好運即是意志裡還持有足夠的毅力和勇氣繼續創作，我用這個運氣拯救頹唐多時的自己。上蒼明示，好的事情要小聲說，不必張揚，否則決絕收回，馳驟不見。

無論夜怎麼黑，黎明總會到來，即或晴空倏忽陰沉，也比闇夜來得明亮。就在期盼能風雅老去的同時，概以大氣心情撰寫和悅可讀的新書冊，這是寫作生涯最為勤懇的一次，相對身處氣派宏偉，與大自然如此貼近的起居空間，或能獲致更具清明意象的豐沛能量；可以說，我的第二人生時光，竟成可以明確回顧過往的清閒所在，要說身體狀況未盡理想也沒關係，即使住所鄰近的交通對我外出行動委實不便，時間久了，這些都已逐漸消退成無關緊要了。

活到這樣的歲數，悲情故事聽得不少，然，誰要一直活在憂傷中？如今的我，只想用和煦心情書寫一些讀起來興致方盛的人和事，如同心有困惑，不得其解，聽一聽和緩的流水聲，感覺自己正和水一起流淌著，不自覺中，原來難以理解的事，好似全覺悟了。

生命承受疫情排山倒海侵襲的這些年，無有想做的事，也不願再多說話，完全不想回憶三年來的防疫隔離有多煎熬，不去談論病毒入侵的苦難也算一種溫柔吧，那種猝然成為社會的現實議題，寫了，說了，強迫別人聽，總是惹人厭。生命何嘗不是這樣，人的今生之旅，能有多久就多久，我在這裡，許多人還在這裡，大都抱持人生就是和未來在戰鬥的啊。

很多心底的話害怕說了，人還是會離開；匆匆活過後中年，仿若已近枯竭的五衰歲月，依然不解混沌生命到底怎麼回事。敬畏人生的勵志哲理流傳萬千則，無非生老病死加苦痛。如今，白天忙碌中被遺忘的回憶，總是再次忽忽襲來。那個屬於曾經追逐寧謐和風與燦爛陽光的日子，以及和煦海風，竟能吹散喉嚨的哽咽。歲月走了，剩下的鳥叫蟲鳴，使我摸不透這一趟唯一的人生，到底有多少感想。

後來，我還是在最終的一剎意識，選擇把這些年的生存態度，後中年的第二人生，敘寫下來，讓值得歡喜的記憶存留此生：從生命樹看桃園總圖的美姿新貌；走訪桃園神社，追憶日本大津石山寺紫式部寫字間的旅情；櫻與部落的少年情懷；感念中原大學向鴻全教授的晴天之氣，安頓惶惶不安的移居情緒；從櫻花滿枝椏歎賞春天市街，燦爛的花景色；在楊梅富岡鐵道藝術節，搭乘昭和年間建造的古董火車，回望與年輕時代就學大阪的父親，結伴日本鐵道之旅的印記；華麗走過林文義愛過的八〇年代的豐饒文風，旁及錦簇豐盛的文學出版風華；細看英氣勃勃，身居暢銷作家名銜的姜泰宇，如何經歷變動少年，行走蕭瑟青春；自嘲如櫻花飄瀟綻放又悄然枯萎，一段咸相傾慕的曖昧戀情；日日清晨啜飲一杯UCC咖啡，念及想望孤老後的寧謐韶光；紀錄出生昭和時代大溪郡，國寶級木藝師游禮海的木作工藝、就快遺忘的新竹記憶……。

文學創作從來不缺自在，獨漏欣賞自在的眼界，錯失用寬厚的微笑看待每一個字，每一個有涵義的段落，以及認真對待日復一日的書寫。曾經說過的話、做過的事、走過的路、辛勤探尋日本文學地景的蹤影，不可能回頭重來，趁便記憶猶存，遂把深埋心底的昔時情愫、一期一會的感動、值得留住的青春物語，載記下來，期盼暮年的愁悶心情能在喜悅中活躍起來。

生活景色天天都在變化，著實捉摸不定，致使我無法長時間佇足回顧，這是實情，也是寫作素材；但生命不會只有美好那麼純粹，好事發生時要寫，不如意也要寫，每天以寫作迎接和結束這一天，不必介懷成名與否，成名未必是好事，它不會使人高人一等，不會讓人更有價值，是說，寫作的價值在哪裡？我活了七十好幾，寫了百餘本書，依然找不著有意思的答案，就是繼續寫呀，文學是看得見，聽得到的生命精靈，唯其喜歡，何足在意盛名與否，且無需追問：為什麼要寫，要不停的寫？無非想把八〇、九〇年代的生活影像牢記下來，像魔法一樣賦予生命色彩，讓那些足以再次回到腦海的記憶，幻境成真。

那是某年初春的日本遠行，為採擷文學地景寫作材料，妻女伴隨從新大阪搭乘ＪＲ特急車「東方白鶴號」，去到西北方的城崎溫泉，打算尋訪以《暗夜行路》出名的志賀直哉，在當地養病療傷的蹤跡，或是其他；車抵月台，適巧見到飄落鐵道，那一季冷冷的殘雪，垂掛在柵欄外幾株櫻樹的枯枝上，不意想起德永英明演唱的歌謠〈殘雪〉：

陪伴你等候火車，我在一旁不時注意時間
不宜時節的雪，正飄瀟落下
你傷感地喃喃說著：這是最後一次在東京見到的雪
殘雪也明白飄落時，在擾嚷的季節之後
而今，春天來了，你變得如此美麗，比去年更加美麗了

啊，如此詩意的文詞：「站在你離去的月台／看著飄落後隨即融化的雪。」時景時情，願我是那片殘雪，融為清流，滲入厚土，為早春的櫻樹綻開繽紛花彩。

衰邁久風塵，人終將老去，如櫻開落，寫作靈思亦有枯竭時，倘若只顧其眼前煩躁俗事，不覺世界遼闊，自是體會不出豁達況味。旅行又旅行，寫作再寫作，落筆五十餘載，辛苦寫的書若沒幾個人閱讀，誰也浪漫不起來。

這樣說來，實在無須沮喪，這種事充其量不過就是感受差了一點而已；好運向來不會只發生在同一個人身上，那就不必有所遺憾，終歸生命充斥太多使人不甘心、不服氣的事，平靜也好，披心虛己就好。

某日午後，意外的，坐在台北公館茉莉二手書店長板木椅，一副沉靜老邁的望著玻璃櫥窗外，想著：是怎樣的顧念占據我此刻靜默的思緒？感情？生死？還是欲想？眼前僻巷雜亂無章的屋況未易，悄然掠過面貌大不同的多歷年代，驚覺同調的人生戲碼，還是舊樣式；老樣子不好嗎？世事飄搖，偶遇故土流景，男人也會有想哭的時候，然，男人的淚水不能是放縱的，而是吞嚥的呀。

回想經常進出書店購書的青少年歲，我亦是不折不扣，不食人間煙火的小文青，真是，真是；莫非是橫生逸趣的殘雪與新櫻，相互臣服的依存，並深信人生本相就是這樣？不要輸給歲月，坦然面對實為殘缺不全的這一生，就算不被時間允許活得更長更美好，也沒關係，我便依循念舊情意，隨興自悅書寫生命韶光相隨相伴的許多老樣子，憑倚賦別已然隨風而逝的依依青春，仍是未嘗厭倦的聆賞美空雲雀演唱如河水川流一樣動聽的《川の流れのように》（川流不息）。

原載二〇二三年十一月十六日《中國時報・人間副刊》

初生

這會是父子氣韻天成的牽絆之累嗎？冀望崢嶸有日啊！

時隔三十年。人在桃園，再度進病院嬰兒室，陪伴雙生長子探望兒媳生產。孩子為出生即笑意盈盈的孫女取名「語樂」，無非寄語快樂成長，名字是父母送給新生兒的第一份禮物，這是尊貴而欣喜的初生，新生兒降臨的喜悅，存在無窮盡的光耀，我在嬰孩臉上見到純真而生動的粲然笑顏，滿心歡喜，不免想起家族小孩的出生與成長。

我出生春寒料峭，險些在冷天受凍夭折的三月，那是戰後蕭瑟的虛空歲月，父親是日治時期有能力到大阪求學的讀書人，回台後，捨棄教職，擇其最愛的新聞記者為職志，疼愛子女，生就一副好心腸。記得小時，每逢雨後路坍，他總會帶領家小做填石修路的事，孩子們卻當它無趣的閒事；他是個好父親，生命中不離不棄的重要角色，曾幾何時，我即立願：「有朝一日也要當個像他那樣疼惜子女的父親。」

那個年代難能識別什麼叫青春，青春是見到喜歡的人，不分男女，都會驚慌害羞，也可以是，明明無知卻還是堅持的勇氣。那個年代沒人曉得如何應對愛情和婚姻的差別，愛情可以是喜歡某個人就去喜歡的自在，也可以是不喜歡誰就別跟對方在一起。那個年代沒有人願意失去，失去可能象徵親人分離，也可能是，不斷張望中的夢想不知道何時碎裂。

我們都是第一次為人父，誰也無法確保身為父親的角色事事都能順遂，美好完成我父我夫我子的任務。如今的家庭連結，自我異化已是不得不然的動作了。婚後，我仍舊自囚在逃脫父母庇護的陌生台北，養育了一個女兒，更在父親期盼身為長子，有子嗣承；因緣顧念，老天真真切切送來一對雙生子，父親歡喜，做為兒子的我跟著欣欣自得。

真是久違，忽忽想起三十年前，在台大病院分娩房休息室，等候雙生子出生的驚恐時刻。為抑止我那怯弱不過的焦慮症迸發，便自勉能承認自己懦弱，才算是真正堅強的人，以此安頓情緒。

猶記妻子剖腹分娩彼日清晨，台北氣溫冷颼颼，休息室出現的第一道曙光，在寂靜的黎明中顯現無比蒼白；我與時年八歲的女兒在空無他人的房裡，讓不安定的時間壓縮，反覆出現怯生生的焦灼煎熬。

在蒼茫天宇下等待新生命誕生，心氣分明有意難人的燃起我惶急的焦躁不安，方寸紊亂的腳步，似閒蕩，又像強忍百般無助的折磨，我便想像在一片荒蕪的花園，萌芽結出美麗花蕾，欣然有致的開出燦明花朵。然，休息室的壁鐘指針猶如一把利刃，分秒刺入心坎，讓心緒百感交集的我，臉皮不斷變化各形模樣，煩悶、惶恐。那份看似被隱藏的喜樂，無一不被吸納到難以脫逃的恐懼裡。

女兒在空蕩的休息室轉圈走動，一邊雀躍的吵嚷要買販賣機飲料，一邊興奮的叨念兩個弟弟怎麼還不生出來，她的講話純粹而尋常，這個向來把感情隱匿心底的天蠍女孩，在知道母親肚皮裡懷有兩個還未出世的弟弟後，性情變得開朗，心智更為成熟，她提出的疑惑不外乎主治醫師告訴她的：妳的弟弟分別住在兩間不同的房裡，不可能會打架。

弟弟吃什麼長大的呀！媽媽的肚皮那麼小，裡面裝的若是巨嬰，豈不可怕？

我零亂的思緒不如她鎮定，一副即將送上絞刑台的恐懼神色，嘴裡說的話，壓根不是心裡的聲音，我被等待的枷鎖緊緊捆綁，不覺昏天暗地。呆立分娩房外的男人，在孕婦入室前，還需被產婦再三叮嚀：不要慌，不要慌。好似面臨剖腹生產的人是自縛苦惱的男人而不是女人。恐慌，使我成為分娩房外唯一正自發愣的人。

彼時，病院外的人群正歡天喜地準備同慶春節；病院這一頭，我和女兒被安置在冷冽的休息室，靜待早春第一聲新生兒的嚎哭。截然不同的年節氣氛，叫我好不懊惱。

為了迎接即將造訪的異卵兄弟，迷茫的心思，一下子併攏過來，經驗與心得的承繼，想起父親說過：「定性存神，自然無事。」就坦然以對，靜候這一對將要出世的新人類。

奶粉、尿片、育嬰床都已備妥，我開始臆想玄妙的新生命新景象，以白日夢的姿態，想像雙生子穿著紅色西裝、蝴蝶結、黑色短褲、白色毛襪、黑白相間的皮鞋，輕步的走路模樣，最好再加一頂灰色呢帽，我要讓自己小時所擁有的實況，加諸他們身上。如此一念，料想這浪漫的盤算，必能遂行其願。

姊姊取名子平，雙生弟弟自是子安、子心，寄望「平安心」、「安心」能在平凡中領受福分。

翻轉取名的念頭，使我原本焦慮的心情，盡多消散，冷房裡，得以莊重之姿迎接新生命，要讓兩個在母親的子宮拳打腳踢了十個月的傢伙明白，新來乍到我家，男主人是勇敢且有愛心的，不管未來日子怎樣變化，平安就好，安心就好。

彼時，壁鐘的指針停留在九點零六分，女兒抓著我的手，欣喜地說，分娩房傳來嬰孩的呱呱叫聲。是嗎？孩子終於在自己的哭聲中到臨人間。新聲音新局面，越來越接近了，我感到侷促不安，不知如何把內在心情與外在表情合而為一；這是歡喜的儀式，我忙著尋找休息室可有鏡子，便於對照頭髮有無雜亂？臉色有沒僵硬？我要修正興奮與尷尬並存的容顏，新爸爸唷！

當護理人員推開門喊叫家屬時，我見到兩個小傢伙瞇著眼擠在一部小推車，心情瞬間紛雜無序，不知道那一剎那，我是否湧淚滿眶？反而是殷切祈盼的女兒，當場淚眼汪汪的放聲大哭。

不生猜忌，女兒的涕泣聲喚起一位陌生婦人，從長廊那頭走來，神色祥和的說：「哇！雙生子，好可愛，妹妹妳應該高興啊！怎麼哭了？」只聽聞啜泣的姊姊一點不含糊的回話：「人家是喜極而泣嘛！」我摟著女兒，像擁抱早來的春陽，暖融融的。

歡喜時光未及片刻，雙生子隨即被護理師送進育嬰室，我知道，當下無可療治的相思症，痙攣似的在脈搏橫衝直撞。就在非育嬰與探望時刻，我熱中走到迴廊，激越地隔著被簾布遮掩的玻璃窗，透過縫隙，找尋分置兩床嬰兒車，小傢伙天使模樣的容顏；或許就只一瞥，也要讓無法閃躲的熱烈眼神，愜心傾慕的增添喜悅。

這會是父子氣韻天成的牽絆之累嗎？冀望崢嶸有日啊！

就這樣，站在玻璃窗外，一再探頭探腦，竟成年節期間，我在少有病患進出的病院的單調身影。我的意識和行動幾乎集中在玻璃窗內，想到春節事忙，誰會樂意前來協助不擅料理家務的男人？當時，住新竹的母親意味深長的在電話那頭說，過年到病院探喜、探病都是禁忌，一切靠自己。

我在產婦房為自己建立必須獨立作息的勇氣，便於使自己看來更像個熟練的父親；雖則已有數年未嘗擔負奶爸重任，一旦深夜被值班護理師叫醒餵奶，也要偽裝甜蜜。

甜蜜歸甜蜜，四個鐘頭餵一次奶，我大概會被搞糊塗，除了擔憂同個嬰孩會重複餵奶的窘狀，實在不喜歡一個晚上要被叫醒兩三次。

春節的病院冷清清，我躺在塑皮沙發，如臥涼床，差些受不了，儘管如此，為了彰顯男人的耐力與身為父親無私的愛，我仍臉帶喜樂的在夜半時分，當護理人員推著兩部嬰兒車進房時，賣萌微笑，迎接孩兒到來。護理說明，春節期間休假人員多，夜班僅留兩位，必須偏勞我多加擔待。是的，他們是我的孩子，不用吩咐，我也會日夜不眠，全力以赴。

生來重視倫常、秩序，就連餵奶也注重前後順序，一方面養成規律，另方面遏止睡眼惺忪，恐怕精神不濟，誤把安與心餵錯奶。說巧不巧，謹慎也會出差錯，就在年初二清晨餵食心弟弟吸奶，護士正折返產婦房，猝不及防在我身後大叫：「哇，你是怎麼餵的，臉都變青了，還不知道！」根本未及反應發生什麼事，見她一臉驚慌，疾速從我眼下抱起小孩，一邊嚷著糟糕，一邊往育嬰室跑去。他在分娩房呱呱墜地時，未聞哭叫聲，是被多位醫生相繼奔走會診，搶救回來的小生命呀。

恍惚不知所以，又感到像是有事發生，我愣怔站在門口，全身顫慄，不明白怎麼回事？由不得思慮，下意識驅使我跟隨護士飛奔跑去，心裡喃喃：真的有事發生了。從產婦房到育嬰室未及三十公尺，任憑我怎樣跑，總感覺路途遙遠難及，根本跑不到盡頭。不，不能有事，我承受不了，我一定承受不起發生任何事。

彼時，女兒追隨在後，緊緊握住我的手，及時一握，擔憂的壓力越加沉重，零落的腳步顯得慌亂不堪，心沉無底，感傷頓時襲擊過來，好似步入迷霧，心跳惶急，渾身乏力。女兒依偎身旁，難言譬喻的無力感在腦海盤旋。彼時，剖腹傷口尚未癒合的媽媽，一手扶持點滴架，一手推著嬰兒車，自產婦房蹣跚走來，瑟縮不安的問：「怎麼了？」

站在育嬰室門外，冷汗不止，面色發白，心慌意亂得險些昏厥，那一道門恍如生死關隘，要命的阻絕我急躁的腳步，叫人不知如何，一時苦澀難耐。天啊，不要讓我哭，千萬不要有事，孩子降臨人世未及三天，雙眼猶未睜開看家人唷！

約莫二十分鐘後，育嬰室的門終於開啟，護士懷抱嬰孩，走近面前，肅然訓斥：「沒事了，以後餵奶小心點，嬰兒吸奶嗆到是不會自己說的。」一顆懸在半空，受驚嚇而顯現虛脫的心，終於平復，淚水急遽浸淫逐漸發紅的眼眶。

明知這不會是普通的一天，不是普通到可以讓人無有煩悶的往常夢囈，無須嘆氣，嘆氣會讓幸福跑掉；想來，我真該跪伏謝恩，那是個有來有往的親情牽絆，有給予，有傳承，是有意思的溫厚心性的連結，不是內中空無一物的自我歡喜的感動啊！

事過未幾，礙於家中人手不足，透過仲介請來一位外傭協助看顧雙生子，名叫卡門的菲籍外傭初來乍到，完全依照雇主要求，溝通處事。未及三週，所有狀態看似相安無事。

某日清晨，睡眼惺忪的被孩子的媽媽告急叫醒，語焉不詳的說：卡門換好衣服，把相送的收音機和生活用品，井然有序放回傭人房，說要回國。

納悶的清晨，一點也弄不懂，到底發生什麼事，跟卡門不易聽懂的語言繞了半圈，依舊難以理解，不得不轉告仲介排解，大清早仲介公司無人接應，媽媽趁機把清晨發生的事詳述一遍。

原來，前一天才上過自然課「阿摩尼亞」是什麼的女兒，邊喝著用弟弟們沖泡牛奶專屬的特級熱水瓶沖浸的奶茶時，跟媽媽反應，今天的奶茶有阿摩尼亞味，噁心至極，媽媽說她自然課讀過頭，胡說八道，即匆匆催促卡門送她上學去。

卡門不在家，敏銳的媽媽警覺起來，機伶地按下熱水瓶，發現水質略帶濁黃，她先是以為不鏽鋼製的熱水瓶生鏽，便拿來兩只玻璃壺把熱水漏光，沖洗後注入新水，重新煮沸，這一次，熱水瓶的水未見濁黃；媽媽起疑，仔細端詳玻璃壺，看起來像茶色的兩壺水有白色絲狀的異物飄浮，她幡然意識飄浮的絲狀物，是女性陰道分泌的白色黏液。

心裡慌著，急呀！卡門才一踏進門，她便質問，壺裡的水到底是什麼？又是洋腔土調講不清，只聽見卡門頻頻 I Don't Know，媽媽焦慮難耐，這時卡門悄然換裝，嚷著要「回家」。

仲介終於來人，一番交談，幾度說明，卡門仍是I Don't Know，我要仲介人員轉述，要是把壺水拿去醫院化驗，即能分曉，如果事態嚴重，送警處理。

卡門聽說要送警法辦，心虛的表露一副求饒口吻，坦承在熱水瓶加入她的尿液，推諉是菲國土著的奇風異俗，只為讓雙生子喝了滲有尿液的水，不哭不鬧，一切就範。仲介發現情勢緊急，奇異而不尋常，決定讓她寫下事實原委和切結書，第二天立即遣送回國。

荒唐的傭人，我有一種被欺騙的憤慨，對仲介再三道歉愈加感到反感。究竟成長過程要拐幾道彎，才能讓初生嬰兒平安長大？後來，時間久了，日子過去了，終於釋念，孩子成長的路一起走，臣服並相信彼此，這樣或能找出持續前行的方向；容或以平安心作為依歸，即使中途親情驟變，未盡理想，不夠如意，又何妨？總有一天，也許會出現意想不到的答案。

原載二〇二三年一月三十日《中華日報·副刊》

明明是我的人生

既然選擇寫作寄生耕藝艱困的人生，就毋須自怨自嘆；嘆氣，是放棄時才會做的事。

人跟生存的關係，就像不敢給承諾的已婚伴侶，雙方曖昧隸屬，又想彼此依靠，賴以存在，尤其在前方的路不怎麼平坦好走的當下，只能隨機變動，更替自己的想法和作為。

過去難追憶，當人對過往感到徒然，那不會是真的潰散；久遠的優劣事跡，易於使人因困惑而不願誠實面對未來，只能聽任歷史重演，儼然坐以待斃；寫作亦復如是，倘使一味沉浸在舊思維，豈能盡如人意的順從文字讀到眼中的悲傷，看見深情的文雅光澤？

設想，剩餘少許時間的生命，還能讀多少書？真是可惜，我買了好幾本未能及時閱讀的書、詩人寄贈的詩作，還有一直沒空回覆的信件，只想著在夏日結束前，把所有收藏在紙盒，要或不要的珍品，拿出來透氣，曝晒日頭，趁便晒一晒我的頭，看看疼了好一陣的偏頭痛，是不是發霉，會不會緩和一點。

日本諺語：「一心追逐鹿的獵人，是看不見山的。」大半生時間全給了寫作，用腦用心，備嘗疼痛，家事不懂也不會做，又沒能力攢足生活費，和我這樣的寫書人一起過日子，生活會變成怎樣，實在令人擔憂。

曾經，對於我那個只會寫作新聞稿、辦雜誌，時常身無分文的父親，依靠他微薄收入持家，吃盡一輩子苦頭的母親就說：「如果不去寫那些無聊的新聞稿，就會有時間做賺錢的事，腳踏實地工作才是真正為家人好。」還說：「千萬別跟你父親同樣，寫什麼報導，做文人是要窮酸一世人的。」人生短促，無力反悔，我並不想在母親抱怨父親無能的氣頭時，悖逆她的見解。

想到這裡，執意認為是自己不夠努力而苟活到現在，因為選擇寫作為職志而活得辛酸；根本不理解人該不該只是為追逐空幻的夢想而活，或是為承受現實人生才活，還是為不讓自己悔恨而活？既然選擇寫作客寄艱困的筆耕生涯，就毋須自怨自嘆；嘆氣，是放棄時才會做的事。

母親明白人殊意異，她理解範圍裡的我，並非是順意聽從的人，而我也未曾想過要以寫作當成他人的心靈導師。可以這樣說，自過去以來的想法、作為，全是我的堅心主見。料想她會說，不寫作、沒有文學，又不會死，矜持的結果會淒慘落魄。我自恃有才有能的回覆她：文學可以傳達心的聲音，懸在牆上，擱在書架，留在手中，記在心裡。這種說法難免牽強，而我早已回不了頭了。

寫作並無任何簡單輕鬆的方法，我不為寫而寫，因為一直在寫。只要還有未流失殆盡的記憶和願意閱讀的讀者，書寫就不會結束。實在慶幸，多虧喜歡寫作，它帶來許多朋友，以及活躍的生之動力。

這是信仰的議題，寫作風格是要仰仗氣質創造出來，然後再從感受到的丰韻寫出質地精緻的作品。長久以來，我就是一直這樣反覆要求自己、鼓舞自己。村上春樹說：「完美的文章不存在，就像完全的絕望不存在一樣。」曾有讀者提問：文學作品頂多是憑空創造的故事，怎能打動人心？絕不會搞錯的，如果作品無法撼動人心，那是創作者不夠用心。

多年來，我能寫出來的東西大概就是這樣而已，把沉重深度的報導文學以新姿新貌深植到文學地景紀行的寫作，我想說什麼？寫些什麼？不過就是些：傾聽櫻花的聲音，想像她們眼中的世界；這個世界的一切，即使風和陽光也會有他們的故事；旅行的時候，想要從所見所聞認識這個愚昧的世間，確實充滿殘酷的現實；有時也會從閱歷中發現，人間依然存在著諸多美好的人性。

曾經狡獪取巧的跟母親辯析，我又不是天生的能人才子，當然寫不出一流作品。她可能不會明白我的說法，就因為年少才情不足，後來的日子，我以不得不然的理由遠離青春，守候在尖石荒涼部落的教書工作、在台北競逐激烈的編輯工作，守候著必須依靠後天不斷努力閱讀、未曾間斷的一寫再寫，好似年少歲月全被閱讀和寫作掩沒，又彷彿青春從未存在過一樣。

走過不少枯燥生澀的寫作時光，流失近五十年的歲月，我還在為意圖擁有小小的成績而不眠不休。喜歡寫作不同於喜歡人，喜歡一個人容易受到情感傷害，那是什麼感覺？喜歡一個人是製造傷害的開始，喜歡和傷害之間的差別不大，就只是快樂和傷痛不斷相互抵銷而已。而寫作不會遭受這種傷害的干擾，期間的文思縱有千百不順，不過是磨礪而已。

醫生治療病痛，護士療癒身心；對我來說，在書桌寫作就是人生的意義。即使被說關門寫作不用腦，即使有時會被嫌棄，依然執拗專情守護創作這件事，覺得想寫，不需有伴同行，就落筆了，會讓我在非預期的情況下萌生這種念頭，是因為真心喜歡。

經常坐在寫字桌前，獨自靜默示意和支配文字結構。這寫字桌裝載著我的創意，我的夢境，和一個無限大的，幾乎可以包容文字不斷擴張幻化的想像；不待上手操弄，幻影瞬時投射出我心目中各種生機勃勃的詞句，我輕易的可以在那裡面看見我的文學意象。

有時，還會一本正經的對著寫字桌發愣，確信我日思夜想的詞句，不久會以雅致的姿態在我眼前展露鮮明耀眼的段落；有時，又會不經意流溢出沮喪模樣，讓心神盪漾在冉冉昇起的火花，隨著人生氣昂昂的光燄，捕捉漏失的片段靈感。

「怎麼樣？沒問題吧！」「如何？這一段還行吧！」

這種相互呼應的聲音，在這張安置了一部電腦的寫字桌，已然應對幾十年；長久時日，我在文字世界玩味翻騰，字句的語意之美，源於它的想像異彩，絢爛無常，為我心所繫；可惜了當時年輕，對於耐人尋味，象徵穩健的文字抒發技術未臻成熟，難以實現作家大夢；不久後，那份很難被摒棄於勇氣之外，為了成就心中對文學樸素無華，自擁一份內斂潤澤的眷戀，逼迫我毅然投身到那個至今難再回頭，文字創意的寫作領域。

亂哄哄的人世，文學在春天的櫻樹昂揚，華麗登場，璀璨一時，隨之難解幾時再相逢？而我始終不確信我的寫作何時出現燦爛，僅能勤奮的往更接近絢爛的未來走去，把痛苦的、歡樂的，一樣一樣寫下來。我相信，明明是這樣相信，不幸並不會就此停下腳步等著和我相逢。

好比十年前同樣情況，未經協調便自我主張把家小從他們的出生地，生活了二十年的台北大安區，遷移到相命師說我的晚年會有好光景，人地生疏的桃園，以為幸福就此停下腳步，承迎我們到來，其實不然，孩子不認為這是他們要的幸福。

啊，我的人生從來只順應自己的意志行事，總是那個老樣子，平時不說難堪的事，不管事情有多難過，到了第二天都要變得沒什麼大不了，我才能寬心以對。

我的寫作職志和人生牽連不斷，親情和人生更是牽絆不休，總之，根本沒能耐面對難題，只好選擇或許不用低頭走路的小道，沿途談笑風生；一束日光，三聲鳥語，就算是如願以償了。

要為寫作面臨瓶頸找問題，要為遷徙大事說分明，許多事，很麻煩，我僅能學習《佐賀的超級阿嬤》那個無論發生什麼難題，都不會放在心上，有著超級生活智慧的阿嬤說的話：「不會就是不會，何必為難自己，英語不會，就寫我是日本人；國文不會，就寫自己的名字；歷史不會，就寫我不拘泥過去。」不必強求自己去做不愛做的事，就像要說出見諒自己抉擇不周的事，確實比開口道歉更難。

生活和天候變化一樣，時晴時陰，沒什麼特別，哪怕明天會下雨，也要無畏無懼，帶把傘就好了。多年來，要順從意志實踐當一個僅只存在於寫字桌的作家之夢，若不持續用心體會要寫什麼？能寫什麼？心意還是會有必然的牽扯，不是嗎？

我要做什麼？寫什麼？生活在僻靜無奇，單調寥寂的桃園，我能寫出怎樣感動人心的文章？或許只有身在寫作空間時才能明白其中博奧吧！為了達成目標，為了賺得微薄酬勞，我到底有沒有對心靈和身體施加暴力，逼迫自己一時半刻都不能停止創作，勉強著一往直前呢？

回顧年輕時代，因為愛讀詩，薰風自南來，竟放膽提筆寫起短詩，指望垂名文壇，結果反被訕笑不成樣，「詩有這麼好寫嗎？」好似驚弓之鳥，從此不再痴心妄想；直到後中年，終於鼓起勇氣面對青春期錯失的詩文創作，為遠景出版社承辦「新北市公車形象美化提升專案」，以三峽安溪國中候車亭為標的，寫成一首短詩〈日頭照安溪〉：

候車亭角落的長凳
看過幾次的女孩，今日不見
跨過三峽河，從八安大橋過來
山霧迷濛，一泉汩汩
日頭怯生生地在街角晃蕩

我帶著手機到李梅樹紀念館晒太陽
晒出小憩之女三尺寬的亮光
聽說她在畫家的調色盤度過一生
我底愛憐
突然感覺炙烈的日光為何不是月光

不苦者有智，我們活在被輿論操控的社會，無論你是否優秀，就算這首詩寫得差強人意，還是有人不會喜歡，與其迎合別人，讓自己難堪，不如隨心所欲，紀錄所愛。歲月不堪折損，文學不忍折磨，這樣的詩寫得像不像樣，有沒有寫出畫家的光芒？莫管它了，我已用心觸碰每一句話，猶如觸碰到畫家的畫那樣喜悅而感動；世界如此寬闊，總有一朵花，一道熟悉的日光，值得去感受。

文字是文學的靈魂，不是做不做得來的問題，而是要不要做；我因為喜歡其馨若蘭的文學，終其大半生書寫；僅這一點，我的神情看起來頗多像玩樂時的小孩一樣歡喜。這是我未曾面對過的感覺，當面臨歲月老去，漸漸能理解自己對文學創作無法捨棄的欲望，想不通的事慢慢想，做不完的事慢慢做，心之所向，素履以往；生如逆旅，一葦以航。那即刻明白的寫作禪理，明明就是我要的人生呀！

原載二〇二三年九月一日《中華日報・副刊》

櫻花啊！

櫻如虛無僧，令人憂鬱，酒如胡黃連，入腸是苦。——小津安二郎

多少年了，這棵櫻樹猶似橫渡歲月之河的篷舟，繫住每年冬去春來，櫻紅繽紛綻放的記憶；一朵朵山櫻宛若部落暗夜昇起的月色，點染我在那羅溪畔生活多年，最明燦的歡喜象徵。

盛開紅花的枝椏，在春陽下閃爍澄亮光澤，漫流無以倫比的美色；這不是夢幻，真實的櫻木平靜的屹立在這座我曾經教課的校園，刻劃著歲月飛翔的興味，僅留殘餘的時光倒影，從五十多年前溜了進來，滑進十九少年的青澀情懷，青春心事似羽翼，才撲拍幾下，又從多年後的這一頭溜了出去，留下一段浪跡天涯後，混沌的煙月愁昏黃。

年年春來，櫻木花開依舊，豔映掛在枝頭的粉紅花苞，迎風搖曳，招搖出這個少年歷經紅塵髮白，嘴裡不斷叨念著：怎麼花未開？花若未開，會讓我等到沉沉睡去。

如果十年前的這棵櫻，存在著記憶，必也存在回味；如果三十年前的這棵

櫻，存在著回憶，必也存在璀璨；如果五十多年前親手栽植的這棵櫻，存在著初生，必也存在我小心翼翼的呵護。

如果一年前的這棵櫻，存在著我的思念，必也存在傷懷；天地善變，離開部落半世紀，櫻始終在心中，化成飛鳥，悄然吹送深眠的人。切記，若我不在山上，請別為落英淌淚，我會從自己做的事裡尋找有意義的部分呀！

世間若無櫻花豔，春心何處得長閒；櫻花向下綻放，為的是讓人仰天向上，讚歎新生之美。曾幾何時，在哪裡？是怎樣的心情？使得故人心，遊子意的人，如此費心寫下十九年月在遙遠的校園花圃，栽植的櫻花樹，一年又一年的衰邁在漫漫歲月中；而我確定已無法再在櫻樹下聆聽消逝的泰雅小孩，用嘹亮歌聲唱起尤雅的〈往事只能回味〉了。是離愁滋味吧！

那是個行路不便的清苦年代，上山的路不是路，是碎石與雜草叢生，崎嶇難行的山徑。要到學校上課，必須從內灣老街走上一小段狹窄的柏油路，自鄉公所過尖石大橋，再踏入彎曲小路，穿越竹林，跨足木板腐朽不堪，比崩塌的土石流還要更令人擔驚受怕的吊橋。行路半天後，隨之進入那羅部落，沿途可見長滿粉色花瓣的石竹；夏日的那羅溪畔，風吹野百合花迎面送來陣陣花香，村民都說，那羅部落除了櫻花、桂竹、香菇，就沒有什麼了。

那一年春日，終於見到被評鑑「新竹八景十二勝」的文獻委員遴選稱作「錦屏觀櫻」的櫻花了。初識櫻花是在我任教的國校，相隔那羅溪，座落三部落坡地的校園，眼下一部落到五部落，三五座連綿高聳入雲的山脈，遍植櫻木，年年二月天，山櫻染紅青山曠野，日日睜眼閉眼，望著這山那山，紛紜的紅花迎面襲來，撞個眼前紛紅駭綠。花葉繁茂繽紛，彷彿晴日裡邂逅戀人，要瘋了，真的要瘋了，實在無心上課，既然不想待在沉悶的教室，索性帶著學童到櫻樹下上自然課，讓大自然教授人生，學習敬慕生命。

年年春櫻盛放，漫漫花景遍山野，部落深居簡出的日子，歲月從不眠的春日伊始，春來山櫻盛開，唯她縱橫眼界；天下有這等美景，如何交手？翻來覆去，夜夜無眠，我開始習慣跟櫻對話，那些自小就和人際隔了一道又一道石牆的防線，從此被櫻開花落解放。

不識世路多崎嶇的彼時，櫻是少年的戀人，青春的情人，由是愛上那羅，我把自在綻放、任憑零落的山櫻植入心中，成為最愛。此後，少年溜走，青春不再，我開始有了自己的戀人，名叫櫻花，櫻木也有自己的戀人，名叫春天。人和櫻不一樣，櫻不會對愛說謊，人會，人擁有把一件小事弄得更複雜的高超能力，櫻木只對春坦白，自在生長、任性盛放、不顧飄零、至終凋落的傳播飄灑給土地。大地有櫻相伴，挺好。

多年之後，適巧離開喧囂台北，搬遷桃園藝文特區，所見人行道，種植不少櫻木；難以想像，一座城市怎會種植那麼多台灣山櫻、日本河津櫻，就連居住的社區旁的國小和國中，櫻花盛開校門長廊兩側，使人打心底歡喜。

三月天經過街道，光影投射路間，暢快淋漓地看著櫻木紛紜綻放粉紅花朵，心裡發出啪噠啪噠聲響，想著，藝文特區蓋了一幢號稱台灣最美圖書館的桃園新總圖，可以更名叫櫻花特區了。

走過花葉繁盛，香氣蓊葧的櫻木街景，回到社區，又能從八樓陽台清楚看見中庭花園新移植的山櫻，從花瓣間隙撒下的日光，落入櫻坂，這光景分明示意春來了，去年如是，前年如此，年年櫻紅飄然自在，我終有幾分閒情逸致獨賞社區的櫻花了。

與此同時，我仍未或忘曾到訪中巴陵櫻木花道的昭和櫻、墨染櫻、千島櫻，拉拉山恩愛農場的富士櫻，以及石門水庫、角板山行館的櫻花盛景。綻開的櫻花又怎樣？桃園城鄉櫻花盛，花與當年同樣多，美麗一時，一週、兩週，隨即凋零無蹤，徒留殘春空影，一切如來，萬般重生。

社區庭園移植櫻木某日，特意為同樣喜愛櫻花的民謠歌手洪小喬，在台北中山堂舉行的民歌演唱會，寫了首〈櫻花落〉歌詞。我是如此眷戀櫻花，她又無比期待為詞譜曲，說：「好久沒有這樣美好的互動了，心裡有些激動，沒想到大家的心，還是那麼年輕，那麼浪漫，那麼純情，跟我們年少時，沒什麼兩樣哩！」又說：「歌詞像詩一般的幽雅、動人！」「你的意境真的很美，我有捉到你那個傷懷！」

是嗎？詞交卷了，曲也完成，我急切的問：「好聽嗎？好聽嗎？」她答：「聽了歌，就知道！」

那一年的十二月四日，〈櫻花落〉飄揚中山堂演唱廳，中山堂也重現了以〈愛之旅〉、〈你說過〉聲名大噪，那個戴著低垂寬邊帽的民歌手，用渾然天成的好歌聲，詮釋我那被風絕情吹落滿地的戀櫻舊事。

春天的清晨裡，醒來
看見屋外，心愛的
櫻花……未眠。

是不是每一株櫻花
都住著一位，美麗的神仙？
都住著一位，美麗的神仙？
來探望賞花的人們，

日子過得好不好？
日子過得好不好？

櫻花開，櫻花落
櫻花雨，歲歲又年年。
櫻花開，櫻花落
櫻花雨，歲歲又年年。

雖不忍見落花飄零；
又何須，珠珠淚滴？
又何須，珠珠淚滴。

櫻花開，櫻花落
櫻花雨，歲歲又年年！
櫻花雨，歲歲又年……年。

承迎花開花落，是春的天職，也是我的期盼。花影婆娑，日本人傳頌，每一棵櫻花樹都住著一位仙子，還說：

「每到春季才會被人們想起的櫻花，總是隱身暗夜盛開，連綻放的聲音都悄然寂靜。初春的櫻花樹到底以怎樣的心情，兀自站在那裡？櫻花盛開一時，美麗一時，只在短暫時間被人們瘋狂迷戀、追捧，趁便寂寂春光，來探一探賞花人日子過得好不好。一旦花落大地，消逝無蹤，僅剩一樹嫩綠新葉，一年一度熱鬧的花宴，很快又被人們遺忘。

一年只要有一次能被大家想起來就夠了！現在飄落的花，一定不知道一年後的此刻，還會含苞欲放；明年盛放的花朵，一定記不起絢爛綻開後，被風絕情吹落的往事。」

深切感受大和民族嗜櫻似命，眷戀痴狂，其幽深奪目，詠詩入心，別具一番翩翩情致；櫻花雖美，花期短暫，倏忽生滅，終焉落土歸塵，道理可玄奧啊！

落土歸塵究竟為何？曾替我為部落設計一幢座落在櫻花叢中「那羅文學屋」的摯友孫進才，年前遽然給了我一通好比臨終告別，不祥之兆的電話，「自慚形穢」地說：「病情變異詭譎，等不到換肝，好轉無望。」

彼時，我想開口，卻問不出口，若是問了，怕會從夢境醒來，一切就將突然結束，我會難過沮喪。

又說，身體壞成這樣，說不定明天就會離開；與世界終結之前，一定要跟我說話，聽聽我的聲音，也讓我聽到他的聲音。不讓我去探望癌末病態，是要我留住他原本英挺的模樣。還說，很高興能在世間與我相遇成為朋友。嗯，我都記得呀！

根本未及回問何時再相會，未隔數日，即以病重不治溘逝。浮生一夢，所有人都這樣，不顧身後事，便擅自離去，真是任性。

說是悲哀也行，有人一心一意想活命，卻無法如願成真，我沒顧慮那麼多，竟然像個傻子，還在對櫻的輪迴說三道四，這是怎樣的生死存歿，似露之臨，如露之逝，送別櫻花落呀！

一九六二年，擅長家庭和孤獨題材的日本導演小津安二郎忙於劇本創作，母親遽然過世，打擊至為重大；終身未婚，平時只與母親同住，日常起居都由她打點的小津安二郎，於送葬回蓼科後，在日記寫道：「山下已是春光爛漫，櫻花繚亂，散漫的我卻在此處為《秋刀魚之味》煩惱。櫻如虛無僧，令人憂鬱，酒如胡黃連，入腸是苦。」字裡行間寫盡事母至孝的深厚情誼，這段文字後來收錄在《我是開豆腐店的，我只做豆腐》一書。隔年十二月十二日，癌症去世，這一天恰好是他六十歲誕辰；身後，墓碑僅留一位住持寫給他的「無」字，「櫻如虛無僧」啊！

想起小津安二郎為母親寫作的〈這裡是楢山〉，不由想到畢生追求世間萬物之美的西行法師，他是日本平安末年幽玄之風的代表，人稱「歌聖」，因痴櫻並稱「櫻花詩人」，名句：「痴心盼花花亦知，惟恐心亂花亦殘」、「我願在春天的櫻花樹下死去，以此望月」、「希望在我死後，弔祭我的人以櫻花供奉」。

西行一生吟詠櫻花的和歌達兩百三十首，從未有過哪個大和歌人像西行對櫻花投入如此痴狂熱情。具有死亡魅惑的櫻花，不就是西行全部的生命！

不免想及《平家物語》，讀到：「櫻花呀，不要怨嘆賀茂河上的風吧，它無法阻止花的凋落」。還有，江戶時代雲遊僧人良寬禪師的俳句：「枝頭，空中，終須落，皆櫻花」。俳人松尾芭蕉：「樹下菜湯上，飄落櫻花瓣」。俳人小林一茶：「櫻花樹蔭下，縱使萍水初相逢，亦非陌路人」。

說的是，改變人生的，不盡然是拚命努力就能得到啟示，可能是一杯咖啡、一棵櫻花樹、超越想像的一本書、不曾見過的風景，以及偶遇的貴人，或許正是這些未被留意，微不足道的事挑起人生變化。

啊！賞花真是奢侈的幸福，不知道為什麼還是覺得傷感。不管叫什麼名字的櫻，綻開枝頭，飛舞上空，明知有朝一日凋零，依然盛放燦爛，使人憐愛。僧人良寬說：「生前生後，無一物，唯有春花夏鳥和秋葉。」欸，這一季暖春，記得相約櫻花樹下，啜飲一杯薄酒，披懷遠離的友人吧！

原載二〇二三年四月三日《中國時報・人間副刊》

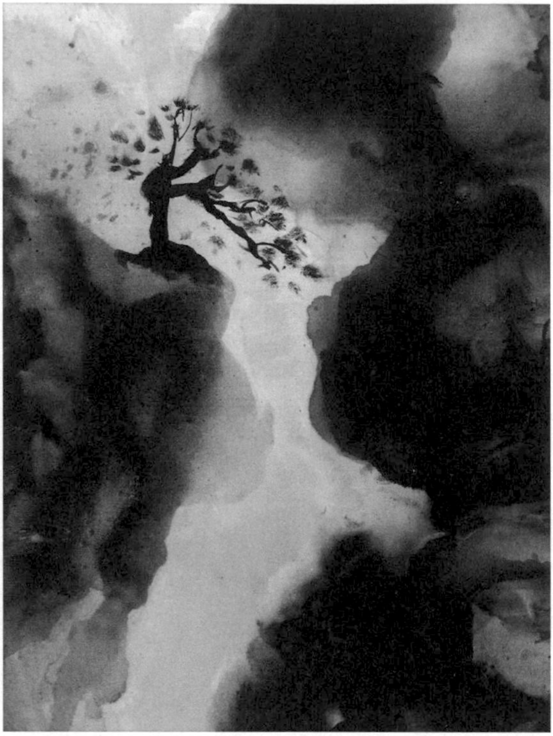

少年夢部落

想來，十九少年在部落奔逐所為，恍若隔世一場夢，夢碎久矣，少年猶未甦醒。

確信越是接近櫻花盛開的季節，我那難以捉摸的情緒，必然隨之滲出諸多莫名的惴惴不安。那是怎樣一種無有綺麗色彩，偏偏腦海浮游的是蒼翠山脈的青澀十九歲？為什麼不是早一步的十七、八，或晚一點的二十？

那是猶未辨識生命艱辛為何物的懵懂少年，我在新竹縣教育局一紙派令的催促下，別離家園，背棄青少的魅惑光采，隻身去到荒煙蔓草，少有人跡的尖石鄉那羅部落，寂寥的寓居三部落，錦屏國小石階下方，一間破陋的紅磚小屋，以近兩年歲月，把原該無憂放縱的年少時光，隱逸到嫵媚青山下，遼闊鄉野的櫻之山谷。

教員的天命，不就是背負神聖教學的勞碌任務，叫我得有因緣與泰雅人相處，迷忽忽地融入困於貧寒，卻任其山青水白的大自然，無盡玄奧的美在那裡的族人，一起生活，讓下意識滿足於以簡樸、樂天，做為生涯價值的樣貌。

春季時節，百轉千回繞的輕踩緋櫻小徑，在落英繽紛裡，與泰雅人同席飲酒，我在伴隨花開花落的賞櫻季節，啜飲一杯又一杯小米露。不再孤寂，不必詩情畫意，賞櫻怎忍花凋零，櫻樹下飲酒、說唱，深切影響日後報導文學寫作，如：《最後一把番刀》、《部落．斯卡也答》、《尖石櫻花落》。

是那羅美景，泰雅人，是邱阿雲、雲天寶，豐富我文學創作的因子，他們教我從戀櫻的大自然機緣，尋獲文學創作本源。

因為一場車禍，去世多年的邱阿雲老師，是鼓動我創作部落文學的催生者。他是當時學校唯一的泰雅人，生性熱忱，極富義氣，對待如我這種天生任性，無意間蝸居青山腳下，既不擅生火煮食，又不知挑水種菜，下課餘暇只能抓幾本閒書，倚坐那羅溪畔的岩石，閱讀兼筆記的文弱少爺；見我飲食本領笨拙，竟連「瓜炒瓜、豆炒豆」都做不好，果真無用書生，便主動替我下廚，時日一久，索性從半山腰家中，端來幾盤菜餚，助我活命，讓我勉強撐過長期物資匱乏的獨居歲月。

年少光景如露水短暫，電光般飛逝，寫作五十餘年，書寫、出版十數本關於部落的文學創作。青春休眠，回憶零落，追記十九年少的飄瀟幻象，顯得無比凝重。

櫻花夢晶瑩，我在《尖石櫻花落》忠實反映初到部落的孤寂焦慮、青澀迷茫，以及山居歲月帶來的驚險歷程；十九歲的山野旅歷，那羅櫻花紛飛，巧成我人生最為動心的一場夢境。

年長後，想起春日那羅溪畔綻開的山櫻，不僅不會為我帶來喜悅，反而加深我對變化無常的生命惶然不已，不喜變化，但生命之主不會因我的期盼而停止改變。

是年任教的六年級，常伴身旁的學生阿興和傻尬，協助我識見不少泰雅史事，使我下筆敏捷。如今，遺憾當年冒險攀登山崖採擷蘭花、櫻花，抱著地瓜與高麗菜到紅磚小屋探我的張信功、廖建興、黃建生、李德田、邱淑芳，相繼與世長辭。少年櫻花夢，日日靜待青山轉紅，醒來卻猶自黯然神傷。

直到二〇〇二寒冬，在我尋訪日本無數文學地景後，重返那羅部落，協助初次當選鄉長的雲天寶，運用安藤忠雄回歸「原生大自然」的概念，再以「文學治鄉」的精神，建造「那羅花徑文學步道」，步道矗立八塊文學碑，作家部分為古蒙仁、陳銘磻、吳念真、林文義、劉克襄、蔡素芬，碑文是文學家頌讚尖石天然美景的作品。步道臨近溪畔，儼然風雅的文學景致，再造那羅秀麗勝景。

雲天寶是我年少結識的俊傑，英挺出眾，志氣勃勃，他的文學治鄉成果，牽動我對那羅的深情記憶翻騰不已，他始終是我寫作部落文學的要角，小說《部落．斯卡也答》即以他的成長、我的青少歷程為藍本。

二〇〇五年初，經由企業家劉明創拋磚引玉捐獻資金、信義房屋董事長周俊吉與藝文人士，包括吳念真等資助，在部落建造一座象徵泰雅人文美學的「那羅文學屋」，屋外遍植櫻樹，屋內陳設一本高兩百二十公分的書冊《那羅風華》，展示部落文學，並供作原民藝文活動空間。

二〇一一年初，雲天寶二度當選鄉長，翌年冬日，復以「把文學種在土地上」協力企劃建造「那羅櫻花文學林」。如此盛景，驟然一看，實在叫人分不清，究竟是文學光芒流溢櫻花林，還是粲然櫻花包羅文學林的歡喜光澤；於此，二十多年，我們齊為那羅營造成文學新鄉。

櫻花盛開一時，美麗一瞬，旋即消失無影，留予一樹新綠嫩葉。也罷，用情深耕，十九歲之後的思念，無非為與生俱來的脆弱找尋紓解出口；想來，十九少年在部落奔逐所為，恍若隔世一場夢，夢盡久矣，少年猶未甦醒。

原載二〇二三年十一月號《文訊雜誌．新竹專題：九降風起》

雨中消失的桔梗

每到春天，總讓我煌煌想起的櫻，想起的桔梗，那無法拒斥的，各種意義上的思念，僅能以文字抒懷，算是這一季冬，寫給顧戀花事的情書了。

暮冬拂晨，伏貼在玻璃窗外的日光，正用滿溢的溫柔對著我說：早啊！

清風光景不待人，經過社區露天中庭，看滿園枝蔓樛結，草葉飄零，心裡總想著：距離花朵綻放的時間還要多久？翻令和者不勝春，春日終將到來，天地如是，年年如此，便隨意坐入迴廊藤椅，翻幾頁新冊，眼下一片草色，不焦不慮等待春臨。

喜歡搬遷新居最初的幾個春，栽植中庭，名叫櫻的樹，一棵種在側門花圃，一棵挺立和室枯山水庭園，如風飄逸；我自八樓陽台，或從一樓迴廊，見得清楚，即便如是，仍嫌怨建設公司憨憨不知春，栽種的櫻樹，量少，不足繽紛。

直到這一季春，驚覺側門的櫻樹乾枯，朽枝零亂，花葉杳無蹤跡，庭院角落沉靜得毫無生息；心神沮喪，魂不守舍，再也沒了好心情伴讀賞花。

是誰說的：枯竭之木燒得旺。這什麼話？我仍相信，雖然難以相信，只是枯了一棵櫻，我卻焦慮不已；懦弱的難堪，家人說我病情不輕。

櫻樹告訴我，春天就將到臨，枯木逢春櫻自開，當心煩難過、不夠勇敢，無論何時，都想聽聞松任谷由實與飛鳥涼合唱的歌謠〈春よ、来い〉：「春天啊，遠方的春天啊，閉上眼睛就在那兒，給我愛戀的你呀，懷念的聲音縈繞耳際。」聽歌也聽煩惱，我用這首歌等待感傷在美聲中平靜；感傷好比雪花飄落，越積越多，不過，若是大海，無論雪落多少，都能靜默吞下。然，你真能讓自己成為寬闊大海嗎？

不必在意這份感受是否虛妄不真，聽歌能緩和空氣，這時，我唯一能做的就是慢慢讓寧靜累積到極致。

父後三十年，發覺櫻樹枯萎的那一日，深夜竟夢見未曾在夢寐出現，父親疲弱的身影，左手攜一袋摃丸、右手一束桔梗花，步履蹣跚的出現社區大廳；真是奇異的夢，怎麼會是桔梗？莫非匆匆搬離台北城彼時，在舊居臨別焚香忘了告知詳情？夢境相見，情節紛歧，模糊的影像不過片刻，畫面隨即斷續中止，只見父親沉寂無言，瞬時黝黯消失。

醒後背脊沁涼，多方解夢，毫無頭緒，以為將有歹事發生；真是可笑，這個世間沒什麼比半吊子的胡思亂想更麻煩，一心強求解鎖不存在的意象，無非愚蠢。觭夢初醒，又一再對自己在夢裡的焦躁束手無策，只能一心想著逃離，怕是就此深陷迷惘。

怎樣結果都不好收拾的一場夢，日來依舊紊亂。夢裡見到父親，只有我明白的焦灼，只有我知道的絕望，情緒一時低落到難以處置。倏然想起阿部寬主演，改編自重松清原著小說，描述父子無從悖亂情義，難離難棄的電影《鳶》的對白：「我如果不待在這裡，你們就沒地方可逃。狀況好的時候，忘了家在哪裡也無所謂，但如果覺得痛苦，就要想起來，只要到最後還有地方可以回去，就能繼續拚下去。」

翌日，讓兒子開車到虎頭山，順路上去山腰的桃園神社，說是尋櫻，豈料櫻木花未開，前方又找不著停車位，但見路旁幾株桔梗，綻開數朵，會是我草草不經意的看見桔梗?虛幻或現實，都跟夢境中父親手拿的桔梗頗有幾分神似。

意外走在神社參道，發現當下的心情沉悶到想這樣說：父親的出現，會是某種記憶的誘發？提示我，四十餘年來，每年一次，甚或多次的日本旅歷，我的思緒仍舊依戀在櫻和桔梗，這些作為日本文豪在作品裡隱喻生與死，無窮盡的苦悶象徵。

要我嫌棄花錢到日本旅行，只為寫作地景報導，是一種難諫的奢侈，那是不可能的事，世上沒有誰的人生不曾後悔過，我已無法停止使勁緊抓流動生命的風，踏實書寫；夢幻也好，現實也好，實在不必多疑多操心。

虎頭山驟然微雨披蔓草，風吹花瓣搖曳水珠剔透，神社參道旁的文創小鋪，傳來樂團演奏《神隱少女》的樂音，使沉靜神社隱伏的某種悠揚況味，猶如藏匿不可思議的陳跡，蕭疏飄揚。我是過站不停的旅人，看過相較少用花卉做為象徵的城市，怕是了無生趣；桃園神社有櫻，桔梗盛開，別具機杼，果然出色。要說，每一城鄉若能保有各個年代，屬於鄉土的文化產物，確為城市榮光；我看文創小鋪的年輕人，喜歡炫耀新潮事物，他們把青春傳奇注入每一樣販售的商品，形貌刻深，引人矚目。

人在神社心在櫻，在桔梗，不免聯想曾經到訪滋賀縣琵琶湖畔，種植不少櫻和桔梗的大津石山寺。

恍惚四十餘年，讓日本友人松木明開車搭載我和父親，前往琵琶湖觀景，路過滿山黃葉的石山寺；還有，十多年前和三個長大後的兒女，從大津轉換電車到石山寺。兩次遠行都巧遇寒天，望著山門前，多列桔梗在風中飄搖，徒留顫抖的臉皮冷颼颼。

距上次在石山寺站下車，已有十多年，那是為了前往石山寺的源氏苑、無憂園，尋訪紫式部雕像和她的寫字房「源氏の間」；或者說，更早以前和父親去過，從松木明在近江八幡市安土町的住宅去到那裡；冷冷的冬風，到近江八景之一「石山秋月」的石山寺的理由只有一個，那裡曾是紫式部寫作《源氏物語》的所在，怪石嶙峋的山丘，庭園種植不少桔梗，那和我在京都晴明神社、嵐山野宮神社，或在神戶谷崎潤一郎舊居見到的桔梗同樣美好，感覺淡紫花顏直抒胸臆。

石山寺雖則路途遙遠，但我還是去了，後來更從那裡乘車到鄰近的坂本，搭纜車上山，冒著飛雪踩進佛教天台宗總本山的比叡山延曆寺。

第一次，請求松木明開車到石山寺，原因是：我不能在年屆三十，還庇賴為父親的孩子，我想讓父親早些認同我是有獨當一面決定事情的能力，所以私自和友人討論繞道琵琶湖到石山寺，這種成長的表達方式會不會過於狡猾？

第二次，年紀又增長三十，陪同一起的是多少理解日本文化和能講出流利日語的女兒；再次去到看來有些荒涼的石山寺，我不知道她當時的心裡怎麼想，然，她和父親的共通點都是無欲無求的成全我用文字紀錄美好事物，並為體現我寫作日本文學地景，全心扮演牽引者、導覽員。

這是在夢裡、畫裡、小說裡才會出現的情景，父子同行傳承至父女共伴隨行，我憑藉勇氣走過無數日本小說家的文學地景，歷程艱辛，卻是真實存在；直到如今才發覺，他們明明那麼誠摯地用笑起來像盛開的櫻花的歡喜意趣，帶我遍歷各方，是我必須為他們對我的溺愛與付出喝采。而今，父親遠去他方，女兒選擇留在大阪工作生活，想是此後我將單薄無助了。

或許四十餘年前，台灣尚未開放觀光的戒嚴期，不該和父親並行日本，不出幾年，父親辭世，換來難能再次隨行的遺憾，瞬息間，一道時間之牆阻隔於前，使我無法穿越；總覺得，日本行旅的銳氣遭時光吞噬，就這樣點滴流逝，我又將如何做到在深夜寫下對琵琶湖和石山寺桔梗的想念？

究竟是有多記掛在日本旅行的日子？京都、平塚、伊豆、岡山、倉敷、尾道，過去與父親同行，而今女兒住在那裡，由此作為依仗，每一年，或能為我招來作客遠行的趣味。

如果有一天，摯愛的親人消失，喜歡的東西不見蹤影，你會怎麼表達？傷心、寂寞、思念？我是個蠢傢伙，不跟傷悲戰鬥，是基於沒這個資格，只能以痛快又自以為瀟灑的心聲吶喊：親愛的父親，謝謝你願意讓我成為你的孩子，你的記者生涯，開啟我日後的寫作機遇，雖然實踐作家夢想的過程艱辛，有時甚至強烈意識到對自己很失望，幾度恣意逃離，只因未能盡心做到父親在世時的期待，成為一個具有獨特說服力，出色的寫書人。

不斷抉擇被讀者選擇的書寫工作，我是否需要順從市場需求，直到遷就屈服？或是，即使一個讀者也沒有，還是會一直待在寫字間埋首勤耕，等待一扇不知何時才會開啟的門？更或是拖著沉重步履，就算無人接納，也不要心如灰燼的讓自己成為頹喪妖精？

多年以後，我確實出版不少書籍，最終完成十六冊日本文學地景紀行的創作，傻呵呵見著自己寫作的書籍被陳列書架。我轉變過來了，深信有起有伏的人生，看上去的景色才像樣。

沒有過去的歷史，就不會有後來的文化與文明。不管是以前還是現在，多虧有寫作這個工作，致使文學撼動人心的力量得以傳播；所以，請不要剝奪我憧憬寫書和旅行的樂趣，我是如此眷念再次前往石山寺、城崎、嵐山或宇治，看看冷天的桔梗，以及用桔梗作為象徵，《源氏物語》位於京都的眾多地景。

喜歡為百花創造花語的日本，描繪桔梗是永恆的愛、絕望的愛，但，永恆與絕望相互矛盾，為什麼會成為桔梗的花語？莫非桔梗象徵的即是《源氏物語》那個有著驚人美貌，生性風流，卻又相悖於柔弱矛盾性情的光源氏？

傳說：在某個臨海偏僻的村莊，住了個名叫桔梗的少女，雙親早逝，僅有一位年齡與自己相近的少年陪伴。

有一天，少年對桔梗說：「桔梗啊，我長大後要跟妳結婚。」

桔梗回話：「我長大後也要跟你結婚。」

幾年後，桔梗長成漂亮女子，少年也長成俊俏青年，為了生計，青年必須出海到遠洋捕魚。桔梗日夜守候深愛的丈夫返家，不日不月的過了十年，始終未見青年回航，桔梗傷心至極。一日，前往寺院祈求神明顯靈，希望丈夫平安返家，神明回說：「時間都過去那麼久，妳就放棄吧！」

可是，桔梗不願放棄等待的執念。

神明說：「妳若無法忘懷，我要給妳定下無法不思念的罪。」

青年消逝，那個唯有跟他在一起才感覺存在的桔梗的心也跟著死去；不久，青年眷愛的桔梗，緊閉雙眼，身形慢慢消失，變成鐘型花冠，葉多互生，藍紫色的花，村民便以此為她取名「桔梗花」。

美好的青春傳說，據稱，桔梗花開代表幸福降臨。然而，有人抓住幸福，有人注定無緣。純然的桔梗擁有雙重含義：永恆的愛和絕望的愛，好似兩極雙魚的糾纏與不知何去何從！如紫式部所言：「凡事皆為天命因緣所定」。

這是我的後中年思維：寫書不是生活一部分，是人生的全部。為了夢想，日日埋首書桌，每天做同樣的事，由於喜歡回憶而度過每一天，因為胡思亂想而體驗不少奇妙的瞬間；為了不想老傢伙難得展露笑意，換得徒勞淒涼，便時常讓心情得意的飛向遠方，到繁花綻放的鎌倉街上，到小豆島海邊；是靈魂在等待這個片刻吧，對我來說，樂於疲累寫作，即是緣由這種「等待瞬間」的美學呀！

後來，我確實又去過幾次桃園神社，參道廣場既沒活動小攤，連起初奇遇的桔梗也了無蹤影，會是風雨折枝？或……。每到春天，總讓我煌煌想起的櫻，想起的桔梗，那無法拒斥的，各種意義上的思念，僅能以文字抒懷，算是這一季冬，寫給顧戀花事的情書了。

原載二〇二三年一月三十日《聯合報・副刊》

今夜居酒屋

今夜，我獨自走進南平路一間未曾去過的居酒屋，什麼人、什麼事都不想，僅只酌飲一壺溫熱的純米大吟釀，散散愁。

等待沉陰的驟雨過後，孤獨成為人在世間活命，揮之不去的塵霾。

經歷長久孤寂的苦澀生活，難免會為孤獨賦予多樣見解：人是獨立的個體、人必獨步而來獨行離去、人有孤眠獨宿的時候，有時又會像司馬遷在《史記》說的：「崛然獨立，塊然獨處。」不論怎樣的見解，脆弱無助的本心大概只在微醺時、陰雨天裡、爭吵過後，才可能碰觸這種孤丁無依的莫奈。其他時候，孤獨還是孤獨，就像七十之後，每天起床，一定會聽到窗外同樣的鳥囀蟲鳴，看著同樣蓬亂的被褥，心裡懵懵想著：繼續睡吧，今天和昨天並沒什麼兩樣，縱然下床走到客廳，一樣無事可做。

儘管內心止不住掙扎這是怎樣的人生，但寂寥的心還是會催促人勉強爬出暖被窩，走到廚房為自己沖泡一杯濾掛咖啡，然後打開電視機，緘口無言的望著螢幕播放瘋癲政客，任意妄言的嘴臉。然後又習慣取出一袋裝滿五顏六色藥丸，治肝的、補腎的、止血壓的、療腸胃的，一口氣吞嚥好幾顆，舌頭苦苦澀澀，就像一天開始，不曉得應該往哪裡走，社區對面公園盡是窮極無聊哈拉瑣事的老人，不去了，附近鄰里也沒個像樣的市場，可以閒逛令人垂涎欲滴的生鮮蔬果；真正會想去的地方不多，只記得該回台北的診所領取新藥包，或乘車到殯儀館弔唁過往友人，恭敬致哀的祭奠後，眼眶泛淚的小坐圍籬石墩，吸一支悲悽紙菸，再愴然離開。

傷感無限，人過後中年，每參加一場喪禮，就是對人生的一次清算。

隨後，搭車回到住家附近的圖書總館，穿過坐了不少孩童的書架走道，來到日本文學區，隨手做了一些筆記，以防可能罹患失智症，「這一本是不是讀過了？」順手把木架上的書冊輕輕排列齊整；其實，很想竭力記起芥川龍之介在某一本書裡說過的一句「人生不如一行……」的什麼話，唉呀，以前能輕易背誦的名言佳句，期許下次要給友人回覆簡訊，還能用得上的警世名言，現在怎麼都想不起來。

這一天，多走了一點路，身體感到疲累，父親和母親的影像，趁虛浮現腦海，那是他們老去的容顏，去世前我一直迴避見到的，被無情歲月擠壓出斑斑皺紋的蒼老眼神。如今，我也到了年華近暮，容貌已秋的年紀，多少也能領會，適值這種年歲的人，哀嘆難言的鬱悶心情。

這是怎樣的存活循環？厭食厭世會有事嗎？怎會沒事！會說出這樣的話，正說明人一旦老去，就要面對孤獨，回想父母還在世的暮年晚景，為什麼沒能時常緊握他們的手，牽他們的手走路，心裡感到極度過意不去，「親愛的爸媽，你們會為了我從年少時代就離家出外營生，冷落你們，見怪我的不賢孝嗎？」夢中的父親拍了拍我的肩胛說：「你是去奮鬥，並沒拋棄父母不顧，怎會責怪？」

父親再度出現夢裡，像一陣和風拂拭出明晰回憶，我迷忽忽醒來，房間仍是空蕩寧謐，無依的感受一再滲透。天日相同，心情一般，無有好壞，我確實懶得從暖被窩起身，面對吞嚥一樣的藥丸、啜飲一樣的咖啡，一樣按下電視機開關，昨日、前日的情景屢屢複製，不分晝夜，無甚變化。

這時，電視螢幕正播放幾位日本男人在居酒屋狂歡飲酒的吵雜畫面，我想起八〇年代初期，自己是怎樣隻身去到東京，一個人如何走進陌生城市的居酒屋，跟幾位全身流溢濃烈酒味的男人，並列坐在椅子旁，啜飲不算太貴的生啤酒，哼唱日本電影《山丹之塔》主題曲，沖繩歌手喜納昌吉作曲的〈花〜すべての人の心に花を〜〉，這歌在台灣叫〈花心〉。

當然，偶而也會從住宿的代代木走到新宿獅子林劇場聽森進一、千昌夫、北島三郎的演歌。有一回在大阪，甚至獨自買票進入梅田一家戲館，觀看中銀幕電影，站在後排漆黑處等待尋位時，慘遭不明老頭用鹹豬手撫摸了幾下臀部，猥褻之甚，令人鄙厭。人在他鄉異地，不曉得如何自處，頓時驚恐而倉皇的逃離暗黑走道，惶惶不安的自廊道走出戲館。

那時正處輕狂年少，怎麼不識風色，膽敢在不諳日語、未明熟知日本生活文化，竟然無懼未知世界的事態，敢於奔走四方。彼時，正值鄧麗君在日本發跡竄紅，時常在螢幕聽到她演唱〈空港〉和〈愛人〉；同時間，從岡山到四國高松的瀨戶大橋也正興築中。某一天，我在琵琶湖畔跟日本友人誇口：「要做父業的勇者，為父親掙得一口氣」。懷抱稚嫩的信念和理想，我在那個介乎戒嚴和解嚴的混沌年代，年年往日本去，我奚落自己，既未順從父親的心願到日本讀書求學，也沒好好學習日語，只想著到東京、大阪和京都遊玩，頗有瞞上欺下之嫌。

不，偶而我還是會想起故鄉新竹的風，想起在金門街從事出版的年代，閒時和相繼往生的音樂人梁弘志、設計人孫進財，一起到居酒屋飲酒談創作的往事，我們就愛開玩笑的說，藝術家氣質的財哥，竟然取名進財，實在不好聽，後來他直說，以後喊他叫「進才」或「大才」。嘴巴稱他「才」，會不會對當初取名的父母大不敬？再說，飲酒時說的話算數嗎？兩個才子先後離開人間，從此再也找不著可以飲酒聊文學、談美學的樂趣和感動的人了。而今伴同我的，僅是每日一杯濾掛咖啡和寂然的寫作。啊，已然很久不再進出居酒屋了。

小說作家遠藤周作說：「沒有比有生活而無人生的一生更寂寞了。」自電視螢幕想起在日本去過多次的居酒屋，走過的曾經，不一定會樣樣留為記憶。如今，孤獨不需要酒，老人不再有朋友；實在也是，除了自己以外的人，我已不擅與人相處交往，所以決定忘記自己曾擁有許多朋友這件事。

這不是我喜歡誰的問題，我只是喜歡也可以有許多朋友的自己，不會是因為和誰合不來而傷感，其實是害怕淪落到未來會沒有朋友的自己而難過。有時會覺得：啊，可憐哪，到了晚年竟然沒有知心朋友，就像年輕時明明早已墜入愛河，卻沒意識到正在愛戀中。我似乎感受到什麼，總感覺自己正走上父親當時年邁衰竭的老路了。

那一年，不記得第幾回了，與父母同行前往大阪，才下飛機，便從台灣友人口中得悉，父親那位終戰後不願回返台灣，寧願守住四國德島新居浜一間自營的中華料理店，昭和初期在新竹公學校一起讀書的同學吳先生，因為每一次討娶的老婆承受不了繁雜的料理工作，一個換過一個，全逃跑掉，他無力照應飯館，生意慘跌，一時想不開，居然跑到山崖投海自盡。

孤獨，不好嗎？至少還有料理作伴，也沒什麼不好的呀！可聽到吳先生驟然離去的噩耗，父親因為失去一位生前有著共同話題，能一起交談的朋友而悲傷難過，就在大阪住宿的旅店，我第一次看見父親潸然淚下，孤淒難耐的頹喪景象。

時光之門被噩耗衝擊而啟，猶記當年從神戶港搭乘渡輪旅行到新居浜，住進吳先生的家，這個嗓門大，聲線壯闊的台裔日人，歡喜充當地陪，天猶未亮，大清早起身便在廚房忙裡忙外，準備各式口味的飯糰，駕駛自家中古車，載著父母和我，穿街過巷，走遍德島風景名勝：鳴門渦の道、瀨戶內海、祖谷溪、祖谷蔓橋……，意外讓我有了認識新地景的契機。

返台後，我想起是否能從父親在大阪求學時期的舊照片，找尋吳先生的年輕影像，事實不然，根本遍尋不著，一個自稱老粗的人會是父親這種讀書人的朋友，不覺奇特。我其實又很矛盾的不想從照片中找到什麼，怕是回憶會不斷向我的記憶侵襲擊來，我會想到老人與老人，珍奇卻難以感同身受的友情。

很久沒人作陪居酒屋，思念沒有終極，老年最愛憶往的陳腔濫調已漫漫延展，使得慄慄危懼的不安情緒，如數掉入訥澀少言的深淵，與逝去的歲月一起埋葬。孤獨何須探究，老時應當更加從容自在，總不能就這樣糊裡糊塗過完並不平靜的一生；偶而陪自己說說話吧，不然會倍覺失落感一直處在孤僻的沉默中。

既然步上父親的老路，是該慶幸這種榮耀，他一生養育八個出色的小孩，使得人生無比耀眼；我在他過世前的最末歲月，讓他見識到我也扶養了三個得意的孩子，這一條艱澀的人生路，他在另一個世界，一定明白我們都盡了為父職責。

年老歲月，雖則孤單，我還能偶而在每日的UCC咖啡時光，依稀回顧年幼時的自己，彼時，常誇飾著一副非自願的不情願態度，跟隨母親走過石坊街那一條短短的石板路，提籃到對街西門市場買菜；同樣清晰得見當時年幼的雙生子，跟在年長幾歲的女兒身旁，形影歡樂的邊走邊玩，說是沒零錢搭公車，只能用走路從古亭到景美找工作中的爸爸，還說，爸爸肯定會慰勞他們去師大路吃「牛魔王」牛排。

人心人情本脆弱，易於支離破碎，思緒不斷跌落到遙遠從前：來自回味的童年、懷舊的青春、顧念的中壯年，綿延到顏衰體弱的後中年；或者說，當肉身病痛一樣接一樣發生、朋友一個接一個離去，孩子一個接一個脫離成長應對，無復心緒的遊走各方，精神無依帶來的人生體驗，使我難有推開孤單的藉口，而我根本不想透過豢養貓狗當寵物這種方式，作為消解不再寂寥的理由。

走自己的路不是很好嗎？孤獨從來便是老人的標誌，不論人生的路長路短，終究會到達終點，那些記憶中的人或事，宛如欲來的山雨，會在一時間傾瀉出現；這些人曾陪我走過崎嶇不易行的人生路，就是那一段消失的，輝煌或慘澹的時光，支撐我走到今天。

尋常的一個人或住在一起的兩個人、一家人，面對單調無趣的電視機，想到多風多雨的人生，能與你們相遇成為家人，已是不容易的奇蹟。無論要不要隱匿孤寂，老年不會只想像自己老去會是怎樣，可當孤獨出其不意襲來，莫名的厭世感跟著出現；當智力開始退化、惡化，行動開始遲鈍，想法開始緩慢，猶豫、焦慮和害怕隨之變得一塌糊塗時，不想此生遺憾，就想想如何適應並找到合適的出口呀！

這個世界變成現在這種難以置信的樣子，說不定明天就會死去，無論心裡藏有多少想說的話，一定要清楚講開來，要活得像最初的自己，不必將就加重承諾的壓力，生命才會像模像樣；切記：不是任何感情都可以圓融，不是任何情愛都可以永恆，如果迷路了，就順著河流聲音的方向前進；是，也許老人的世界多了一種理解，那便是，我愛你們，你會知道的。

孤獨不過是生命自癒的儀式罷了，走踽踽獨行的路，或有新奇感受，若是過往種種過於沉重，不如放掉，老人的生存世界有各類形式、各種可能。今夜，我獨自走進南平路一間未曾去過的居酒屋，什麼人、什麼事都不想，僅只酌飲一壺溫熱的純米大吟釀，散散愁。

原載二〇二三年六月七日《聯合報・副刊》

1 2 3

昭和鐵道途中

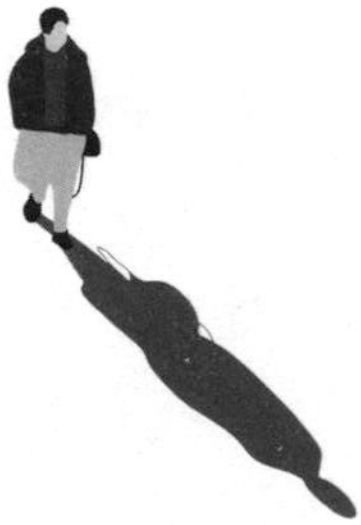

我用半輩子時間旅行，汲汲營營搜尋文學地景的寫作素材，驟然忘記旅途中驚奇的邂逅，忘了是怎麼尋路過來，忘了那年夏日在鎌倉歎賞紫陽花的怦然心動。

松尾芭蕉說：「旅行又旅行，秋風盡在旅途中」，旅行偶遇美景，心眼因景緻不疏而開的體驗，催促我以文字寫生，無所牽掛的紀錄即景會心的見識。想來，比起抱憾沒能把人生行旅邂逅的春風秋雨敘錄，不如用心寫下能使人動容的純粹感受，藉此收藏心意，留予他日說衷情。

或說，不行路，縱令讀書萬卷，終是書痴，充其量別稱讀書人；不讀書，即使行路萬里，終是郵差，充其量並稱旅行者。宮崎駿在《神隱少女》說：「只有一個人在旅行時，才聽得到自己的聲音，它會告訴你，這世界比想像中寬闊，待在這個世界，你可以碰到機遇。」透過旅行、閱覽或寫作，我安於聽見心的聲音。

有了這種見解，就算出行遠方作客，藏匿在複雜情緒背後的心思意念，一定依附有多樣不同趣味的快意種子，相襯其間；就算疫情阻滯出國遠行，似乎也無法阻撓這一年盛夏，想望搭乘少時渴慕乘坐的蒸汽火車，去到富岡小鎮賞景的樂趣。這是桃園復刻版的鐵道藝術活動，一道既可懷舊又能顧念記憶的風景線。

第一次和林央敏、林文義、劉正偉等多位作家，從中壢搭乘昭和十六年，日本川崎車輛株式會社製造出廠的蒸汽火車DT668，前赴富岡參與鐵道藝術節，尋索客家庄的風雅地景，同看一座淳樸小鎮從沉靜中活躍甦醒。沿途，企劃組長陳瑋鴻送給一份由居住桃園的作家撰文，精心設計的懷舊版《富岡報》，讀報之餘，驚覺匆忙中竟把裝有黃蘿蔔乾的弁當盒忘在家裡，既是遠足，豈能不帶餐點！

兩年後，同是夏季，和向鴻全、許水富、黃秋芳等作家，再度從中壢搭乘昭和九年出廠的CK124國寶級蒸汽火車前往富岡，看民俗踩街、藝術家謝嘉亨的老火車陶藝創作，全心全意享受小鎮的湛藍天空、瓦屋、穀倉、三連陂、霞光、水鳥，再飲一瓶彈珠汽水，聆聽緩緩流水歌唱，和風吹來，輕盈拂面，富岡佳景意趣橫生，於此成為非凡的清雅盛景。

搭乘火車遠足算是藝術活動嗎？我沒意見，為了深刻留下懷舊印記，為了彰顯記憶猶存，這種把老火車搬來行駛的行動劇看作藝術展演，或許不差不錯，可以圓夢成真。

桃園境內鐵道末站的楊梅富岡，我曾在老街飲茶，如是自若的想起日本導演是枝裕和以鎌倉為背景拍攝的電影《海街日記》，又想起和妻女散步走到豎立源賴朝坐像的鎌倉源氏山公園，沿途寧謐的街坊，瞥見街角民房庭園，衍生粲然紫陽花的閒適自得。

這一回合，當火車駛抵富岡站，一聲長鳴刺耳的汽笛，並隨蒸汽衝向天際時，聯想起一九八〇年代，台灣整體經濟快速成長率達8.1％，稱「台灣經濟奇蹟」的年代；就在一九八〇，時年二十九的我，帶著悠然遐想，隻身搭機飛往成田空港，與台灣記者訪問團，從韓國考察轉赴東京的父親會合，悸動又興奮的走訪關東名景：皇居、東京鐵塔、明治神宮、新宿、澀谷、秋葉原、御茶之水、箱根、小田原城。又從平塚讓友人清行宏開了六、七個小時自用車，抵達渥美半島的伊良湖岬，搭船過伊勢灣前往鳥羽，去了夫婦岩，日人一生必要朝聖一回的伊勢神宮，再乘坐座席上下兩層，昭和五十二年出廠，國鐵40系氣動車第二代的火車，前行京都。

那是旅行日本第一次搭乘上下層火車，興奮的新奇心情自是難以言說。跟隨出生大正十年，昭和初期進大阪商校求學的父親，在車廂吃「蒲燒弁當」，異鄉旅次的滋味隨之飄然升起。一路上，他不知問過多少遍：「想去哪裡？」對日本全然不熟，我連一句話都應答不上。

後來，在定居琵琶湖畔安土町的友人松木明的嚮導下，遍歷古都甚多寺院：南禪寺、平安神宮、八坂神社、北野天滿宮、東本願寺、大德寺、金閣寺、清水寺、春日大社、石山寺、彥根城等，多到不及分辨寺院的名稱和所在，心裡暗自嘀咕第一趟出國遠遊，從關東的明治神宮，到關西的東大寺，一座寺院接續一座，好似進香團，走到雙腳麻木疲軟，沒完沒了。

由於按捺不住旅途勞累，某日黃昏，當住進大阪梅田蓬萊莊，一間台灣婦人經營的民宿，我藉機跟父親反應，怎麼到日本旅遊盡是無聊的走廟看佛？話不好好說，強使少爺脾氣，言語劇烈，怒斥的聲音瞬間極大化，父親一臉錯愕，不解其故，好比慘遭莫名暴風雨襲擊，又逢白浪掀天，激得波濤洶湧。他低頭輕聲說：「那些寺院都寫著日本歷史和文化，我猜想對你的寫作或有助益。」

都已講過十幾二十遍了，旅行的時候誰要去理會歷史、談論文化？我可是花錢出外旅遊的呀！

明明愛著父親，卻要無賴跟他鬧彆扭，起爭執。不免意識到，親人爭吵是一件多麼難堪的事，彼此無言很痛苦，不被理解很痛苦，事情不順也很痛苦；不就是這樣嗎，依存、信賴、束縛引起的牽絆爭端，對親情都是一種傷害。

然，當時的我偏執到只顧慮自己的感受，完全疏忽對事件可能產生的其他見解，這種感覺往往流於不相平衡。豈知，堅持己見，一意孤行，任由自以為的偏見發酵，撩撥糾紛；而過於偏頗的固執己見，即是偏見，容易引起片面猜疑，產生嚴重的無知妄想。

啊，偏執成為我與父親之間的一面牆、一把利刃，形成阻礙，妨礙事情進行。當時，根本無意拋棄偏執，一點也不想面對，反而選擇逃避，完全忘了說好要竭力守護珍愛至親的決心，逕自跑到梅田巷街一間居酒屋，酌飲一壺苦澀的清酒，獨留父親困守在蓬萊莊暮氣沉沉的房間，面對蕭疏的虛空冷牆。

想到糾結任意妄為的拗強脾性，完全無視父親憑什麼必須承受逆子的妄言傷害，又一味認為自己不善處理情緒，總其紕謬，情何以堪，導致我那少爺脾性上身，誤了事，傷了心，內疚至今。

他是我父，蒼天悠悠，為什麼要給予我這麼煎熬的折磨，是不是，也許世間從來不存在有懺悔這回事，過去怎麼沒想過，聽他說說在大阪求學的青春呀！天命有歸，我還活在偏執中，並不打算振作起來，總感覺經歷蓬萊莊事件，生命好似喪失了某種至關緊要的情義，所以顯得錯綜曲折。

原來，真正的道別是不用說再見的；經過三十餘年，父親辭世後，我對待差些失去領悟的寫作，同樣不知如何應對，當時以為只要勤寫作，便能成為夏目漱石或芥川龍之介之流，結果心願未就，依然只是個在文字堆打轉的普通人。

日後，多次進出日本搜集文學地景素材，幡然醒悟父親歷經歲月積累所說的話：日本的歷史、文化和文學，並存寺院、神社。一點沒錯，川端康成《古都》

的祇園神社，三島由紀夫《金閣寺》的金閣寺、谷崎潤一郎《春琴抄》的少彥名神社、東野圭吾《浪花少年偵探團》的住吉大社。這些真實現象都促成後來我書寫日本文學地景紀行的重要關鍵。

真是諷刺，熬過少年青春才明白，時間好比潑出去的水，不是浪擲在這裡，就是那裡，不是虛耗在昨天，就是今日，得失很難自圓其說。重點是多次到日本，得到什麼？為什麼要跟傷神的寫作綁在一起；像我這樣的人會有這種感受，本應把難堪化成淚水流乾，多麼希望有人理解我疲於奔命，承受辛勞，又無法大哭而痛苦到大叫；事實是，梅田衝動怨憤的後遺症怎麼都不好撫平，我想以後也會是這樣！

已然真切明白，沒有經歷就不會有好的判斷，旅行是旅人用來建立生命與大自然相互認知的橋梁，關於父親的寺院智慧，宛若火花迸發，推及我的日本文學地景寫作，豁然大度起來，即便生澀，多虧有了歷練，文采才得以瀟灑長進。後來，我的確想一次又一次回到那裡，不久將來的每一季春或夏，都想再去一次，追憶旅行中感傷備至的父親。

出生戰後世界經濟崩解的年代，我的青少年適值歐美暢行存在主義，社會躍動不少流行風潮：聽披頭四、貓王、安迪威廉斯的歌，有些前衛；看美國米高梅的諜報片、日本東映的時代劇、香港李小龍的武打電影，有些激進；讀三島由紀夫的《假面的告白》、卡繆的《異鄉人》、理查巴赫的《天地一沙鷗》、馬奎斯的《百年孤寂》，有些魅惑；隨新興潮流穿著美國純棉BVD到法國品牌HOM下着、窄管貼身牛仔褲、捲袖短夏衫、電燙捲髮，示意男人味，實在風騷。那是放縱不羈的七、八〇年代，自恃驕縱、不受約束的少爺習氣，是種下日後桀驁不馴的頑劣因子。

四十餘年了，我即在理解生命行旅的本質，以非幻覺的懷想，載記殘留昭和美學的青春之旅，那些頂撞父親，本末舛逆的荒唐事，是否滯留蓬萊莊？還是，父親已把遺憾一併帶離人間？想想，誰的青春沒有隱藏不輕易吐露的祕密？過去對親情冷漠、自以為青澀可人，無非一場羞赧印記，我感到抱歉，要怎樣才能止住悲傷？

生命總要延續，我便在新添年歲，深憂記憶衰退，人生徒勞之際，用文字紀錄從存在主義，到著迷尋索文學地景的奔波現實，能被裝進越來越窄小的記憶體，某些年、某些人的許多事；就在搬遷桃園第一年，勉強鼓足勇氣，排除忌諱，卸下心防，與家小五口同搭一部飛機，如願以償齊聚博多，父親未曾踏足的九州遊歷，並在女兒帶動下，搭乘昭和六十一年出廠的キハ185系氣動車「肥薩線」，從熊本到鹿兒島，再到櫻島，重拾與親人搭乘火車遠足的樂趣。

「九州橫斷特急」是二〇〇四年通車的九州新幹線鹿兒島線南段，從人吉站發車，途經坂本、矢岳、吉松、粟野、霧島溫泉、嘉例川、隼人、鹿兒島，沿途換乘不同年代，別具風情的列車，寬敞走道，深褐色的復古寫字桌、茶飲臺、閒坐古意的座椅，以及「途中下車」讓遊客親臨明治、大正、昭和時代建造的驛站，體悟至親同行的懷舊旅程，領會家庭是由相愛的人組成，足以洋溢歡喜之情的感念。

日本旅次，始於青春，曾經熱情，毫無顧忌的揮灑時光，不想驚覺的用私欲換得一時興起，就此一路愛戀昭和時代遺留的文化美學，以及熱中尋找文學地景，向引領我寫作報導的父親，致上誠心敬意，如作家林央敏所言：「這是走一段讓情感融入文字，有思想的旅行文學。」

我用半輩子時間奔馳日本，汲汲營營搜尋文學地景素材，驟然忘記旅途中驚奇的邂逅，忘了是怎麼尋路過來，忘了某年夏日在鎌倉歎賞紫陽花的怦然心動。那些被我倉皇的生命隱蔽的狼狽不堪，豈止對父親的記憶，渾然不及回望第一次日本行，對東京、京都充滿瑰麗的思念，後來竟讓我粗莽的行徑搞砸，遑論長長一個月假期，到底做了什麼？去到哪裡？猶似慘白，不自覺的掉進陰翳深淵，整個人就此發窘起來。

時常從電視、網路平台聽見日本鐵道列車的廣播，雖則不全明白放送員講了什麼，站名、讓座、換乘、盡量不講手機、抓好手拉環、謝謝搭乘，那種親和的聲音，總讓人感到此時此刻宛若身處悠閒的鐵道之旅。

進出日本數十年，我在每一回的旅途看見什麼？明悟什麼？眼下世間，所有旅程必有終點，如同逃避的盡頭是勇敢面對；旅行教會人的不是逃離，不是迴避，而是看過多樣風景後，何以應對自處。

陽光何時溜走？夏日幾時消逝？無法預知的未來，不管昭和鐵道之旅的記憶能否重現，我是絕不輕言離開；與父親最初同行的漫漫旅路，承諾完好每一次的日本行旅，時至今日，我仍不放棄持續與親人共同追憶那個綻放絢麗如花的盛夏，伴隨家小搭乘渡輪前往小豆島土庄町，走一趟天使散步道，擁抱海天燦燦的水景色，再到約束の丘展望台見見小島上的紫陽花開了多少。

原載二〇二三年十二月二十日《自由時報・副刊》

我在蘆屋聽風的歌

啊，下不下雪，天意主宰，旅途中，不該有過多貪念，每一次的偶遇、偶得，或者失去，不也是一次又一次的一瞬間。

那一年，我讓猶未踏入大阪謀生的女兒，陪伴搭乘阪神電車去到神戶魚崎站，清閒漫步前往東灘區住吉，找尋谷崎潤一郎寫作《細雪》的舊邸「倚松庵」。自詡文學旅人，我做足事前準備，打算探訪這位人稱「惡魔主義者」的小說家，關於《春琴抄》、《瘋癲老人日記》、《細雪》、《痴人之愛》等書的文學地景。

天色明亮，陽光燦燦，晨間水清的蘆屋川，兩旁樹木看起來特別青蔥翠綠，被灌木叢、粗壯喬木環繞的倚松庵，怎麼看都讓人不禁閒適自得起來，一時間想起村上春樹在《尋羊冒險記》記述一位經營酒吧，名叫「傑」的中國人，他的酒吧就開在蘆屋川旁。或許我應該嘗試尋找那間被寫進小說，探看：堆在地板上的花生皮，剛炸起來的香脆薯條，還有啤酒。「老鼠」和「我」總是不約而同在放學後去那裡碰頭，看著傑老闆默默工作，守護吧檯為客人服務的酒吧，生得怎樣。

真實的情況是，我並未碰見那間酒吧，便循著蘆屋川周遭，拍了幾張照片，乘著款款涼風，在倚松庵流連一陣，不捨離開那一叢又一叢綠意盎然的花花草草，只為眷戀那段寂然中緩和甦醒，恍惚與大師相遇的靦腆，更想多看一眼那幢文雅中蘊含適意的建物，怎麼說都是沉靜裡展露婉約喜悅光芒的宅邸呀。

我放慢步伐，緩緩沉澱因興奮而雀躍的心情，折返魚崎站，再搭乘阪神電鐵本線抵達蘆屋站，去到距離車站不過二、三十分鐘路程，位於伊勢町的谷崎潤一郎紀念館。紀念館占地不大，是說這幢水木湛清華的房舍充滿雅趣，光看布展格局，好似豔陽下盛開的紫陽花，幽雅得讓歡喜心起飛。

紀念館展覽谷崎的文學創作年表，作品、手稿、文具、照片、生活用品，還復原谷崎寫作《細雪》時，起居作息的榻榻米書房、筆紙書畫，放映室介紹生平事跡，館內大廳舉辦文學朗讀、文藝講座、講演會和音樂會等活動，尚能在仿古設計，散發恬適風情，玻璃帷幕外的幽靜庭園，浸沉於文豪華麗又細膩的文學世界，煞是美好。

紀念館的房舍緊鄰蘆屋市立圖書館，很有意思：沒有門禁，讓讀書人隨意進出。這座館舍跟村上春樹關聯頗深，村上在書裡說，他的童年、少年時期都在蘆屋、西宮一帶度過，是個不愛讀書、學習的叛逆，經常遭老師責罵。一九六七年，十八歲，痛下決心，專注準備大學考試的功課，相對進出圖書館的時間增多、更久。他說：「只要有空的時候就會到那裡，在閱覽室把各類少年讀物——貪婪地讀遍。」這座被他形容長滿爬山虎的古樸圖書館，原先座落在大阪，昭和初期改建遷移到蘆屋，是少年時期的村上喜愛的圖書館。之後在《海邊的卡夫卡》出場的圖書館，其原型就是蘆屋市立圖書館，這是村上回顧少年期的變遷經驗，藉由主角田村卡夫卡騷動的心，帶領讀者走進心靈祕境，一段充滿挑戰的冒險小說。

與蘆屋和夙川淵源深厚的谷崎潤一郎、村上春樹，兩人的小說大抵以女性為主軸，風格卻大不相同，然，讀到深處還是感受到彼此存在著相通性，他們都深切關注女性在現代社會的命運、地位。村上並於一九八五年，以《世界末日與冷酷異境》獲得谷崎潤一郎文學賞，欸，多麼奇妙的連結。

那一年，和女兒在蘆屋共伴旅行，遇上兩位小說家成長、生活的地景，無比欣喜，便順著沉靜無華，古風悠悠的夙川公園，一路看花賞景，諦聽流水聲，卻說那閒適自若，果不其然的好景色，不必多加轉述，那裡其實是春季吉野櫻並木滿開的賞櫻名所，也是作家野坂昭和《螢火蟲之墓》、山崎豐子《白色巨塔》、遠藤周作《砂之城》，宮本輝《青が散る》的小說舞台。宛若村上在第一本著作《聽風的歌》形容：「這是一座從海邊延伸到山脈，旁邊還有個大港的城市，居民住在有庭院的二層樓房買，河川、網球場、高爾夫球場、成排有圍牆的豪宅、幾間雅致的餐館、服飾精品店、古雅圖書館、月見草繁茂的空地、有猴籠的公園。」

夙川公園臨近村上就讀小學的香櫨園，以及作為小說《邊境・近境》，已經被填了土的香櫨園海水浴場的出場舞台，他在短篇小說《棄貓：關於父親，我想說的事》敘述一段父子與棄貓的軼事：當時家住夙川，有一天，村上坐在父親的單車後座，抱著裝貓的箱子，一起到離家約兩公里遠的香櫨園海濱，把貓放下，打算丟棄。結果父子二人才剛回到家，那隻棄貓竟安然無恙蹲在玄關等候，不可思議所凝結的氣氛，迫使父親無言以對的繼續收養牠。涵意深遠的小說，是否意味「我們可以朝前走，但必須記住過去。」

記得這篇小說的故事，更清楚記得我少年時期的家，也曾發生父親因故必須把一隻領養的家犬，從新竹市北邊載到南邊的香山區遺棄，未隔兩天，狗兒竟逕自尋路回來的往事。這或許是靈性使然吧，感覺生命在緊要關頭總會有很奇特的存在表現。

離去夙川公園，隨後行路到不遠的阪神電車西宮站、西宮神社，下一站的甲子園球場。西宮站前的商店街是村上年少為家人購物的場所，距離不及兩百公尺，建築典雅，漆朱紅色正殿的西宮神社，他在《邊境・近境》寫道：「這是非常大的神社，境內有深深的森林，小時候，這對我和玩伴們來說，是個非常棒的遊戲場所。」沒在那裡遊戲過，我只能眼見為憑的說：真是座存在著神聖的獨特「森林」；至於甲子園，更是他常去看球賽的地方：「甲子園球場和我小時候毫無差別，簡直像時光一下子溜回去了一樣，使人懷念的不適應感——這樣表現雖然有點奇怪——但我可以深深感覺到。」

《邊境・近境》還提及，他的戶籍登錄，雖是京都伏見，不過出生後不久就搬遷到西宮市，就讀西宮市立香櫨園小學，後來又搬到蘆屋市，十二歲就讀蘆屋市立精道中學，十五歲就讀兵庫縣立神戸高校，中小學大半時間都在那裡度過，那是他記憶裡最多愉快光景的地方。

「我的戶籍雖是登載京都出生，不過，沒多久就搬遷兵庫縣西宮市的夙川這地方，不久後又搬到蘆屋市去，十幾歲時大半在這裡度過。高中因為住在神戶的郊區，因此去玩的地方當然是神戶，或三宮一帶。就這樣形成一個典型的『阪神間少年』。當時的阪神間——當然或許現在還是這樣——是從少年期到青年期過起來相當舒適的地方。安靜又悠閒，有一點自由的氣氛，也受到山、海等大自然的恩惠，鄰近有大都會，可以去聽音樂會、到舊書店找便宜的平裝書、泡爵士喫茶店、也可以到藝術電影院去看新潮電影。說到服裝的話那當然是穿VAN西裝上衣。」他在《邊境・近境》寫下這段話。

蘆屋、夙川、西宮位於兵庫東南，算是中型城區，地域不小，是知名的高級住宅區，房子的建築外觀講究美學，尤其窗戶的格局、路樹的安頓，街道號誌的標記，零落有致，寧謐無喧囂；這裡更是三位文學家：谷崎潤一郎、高浜虛子和村上春樹生活過的地方。

這一年寒冬，冒著冷冽低溫再度漂流到蘆屋、夙川，頭一回旅宿到位於西宮住宅區，女兒和同事合租的住所，只為二〇二四元日午前零時，跨年夜走上參道，進入西宮神社，聆聽除夕拜殿敲擊第一聲太鼓，除災卻厄，迎春納喜，感染一點安詳的肅靜氣氛，促使舊地重遊的感懷，增添些許意想不到的滋味。這裡，那裡，放眼所及，全是過往踏足過的身影。

對於長年進出日本的旅人來說，這種行旅模式已然成為旅行的特殊奧義了。我老是這樣：旅行，是為創造美好的回憶而存在的呀。確實，世上沒有比完美的回憶更不完美的記憶，因而臆想能經由這次的旅行，找尋當年在蘆屋、夙川、西宮悠閒漫步，看樹、賞花、聽蘆屋川涓滴流水聲，或將挽回一些在不知不覺中遺失的回憶。

也許，我確切需要透過即景即興的觀察，去體悟苦悶多於快樂，失憶多過失智的現實世界，藉此維繫文學旅行的興致。就像村上在《聽風的歌》寫道：「很久沒有感覺到夏天的香氣了。海潮的香、遠處的汽笛、女孩子肌膚的觸覺、潤絲精的檸檬香、黃昏的風、淡淡的希望、還有夏天的夢……。但是這些簡直就像沒對準的描圖紙一樣，一切的一切都跟回不來的過去，一點一點地錯開了。」想來，那個未及見著楓紅的秋季，等待不及櫻樹滿開的春日，偏偏選擇酷寒的冬天到西宮、夙川聆聽冷風吹蕭瑟寂寥的旅程，我是不是腦袋有洞啊。

就算記憶逐漸消逝，就算習慣把不想殘留腦海，某些不堪的狀態、某些無趣的人事，全藏匿心底某個陰翳角落，以為眼不見為淨的作為，便能真正領悟「照見五蘊皆空」，這種從不明生成的自覺意識，正告誡我——你已開始走向弱智的可能——那是不爭的事實。

想起某年夏日，從銀閣寺走幽靜的哲學之道去到南禪寺，那是《瘋癲老人日記》的文學地景，無意間在法然院山門外的信眾墓園，發見谷崎和妻子松子兩人的墓塚石碑，墓誌銘一刻「空」字、一刻「寂」字，隨即又聯想起埋骨葬於北鎌倉圓覺寺，導演小津安二郎的墓碑，同樣只刻了一個「無」字。幾位名人的遺願，是從容自在，還是了無牽絆？難道他們都徹底明白生命的「空」、「寂」與「無」是超越存在和不存在、不可思議和不可言說的境界？

從事文學地景紀行多年，尋找過不少名家名著的文學舞台，實在不想讓旅行以沉重身影歸去，不想和任何地景產生愛戀別離的憂傷，那是情感難以承受的喟嘆，真的不想靈魂承受折磨的負荷，但，做為長期尋索文學地景的旅人來說，必須深刻明白：若你無法依偎在文學的情境中，又如何能輕易脫離那種被文字束縛，關於描述生命離合、人情悲歡的文學悸動。

是我不夠瀟灑，還是不夠坦率？是無謂的多愁善感吧。

騎著單車慢行在冷冽的夙川公園，悠閒的回味時光，不時將我的顧念奪走，倏忽想起村上在《一九七三年的彈珠玩具》說的：「當我們回頭看自己走過的來時路，所看到的似乎只是依稀莫辨的『或許』。我們所能明確認知的，僅僅是現在這一瞬間，而這一瞬間也只是與我們擦肩而過。」

走過西宮和睦靜寂的街道風景，消閒散步夙川公園，適巧與香櫨園擦肩而過，深情的回望幾眼，也夠心滿意足，再說，神戶地區的嚴冬晦暗得早，天色瞬時一片灰濛濛，見不著星星的影子，不要緊，我不是來追星的，只是循星星的軌跡來聽風的歌。

夜色涼如水，是該返回西宮蘆原町了，這座介於大阪和神戶之間的靜謐城市，說不定也會下雪？啊，下不下雪，天意主宰，旅途中，不該有過多貪戀，每一次的偶遇、偶得，或者失去，不也是一次又一次的一瞬間。

原載二〇二四年二月二十六日《中國時報・人間副刊》

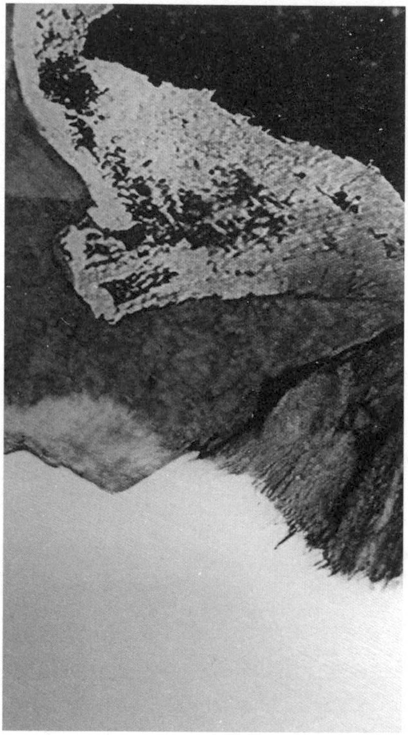

櫻花戀人

死纏爛打的愛一個人，就是從自以為理智變成愛情瘋子的過程，戀愛中人會沒來由的把對方捧上神壇，成為神一樣的存在。

若是少了放蕩奇遇，少了荒唐常情，少了輕浮曖昧的情事，如何以勇氣面對荊棘而活？

隱逸桃園十年，第二人生的咖啡時光，日日清晨一杯UCC，風雨少爺化身慵懶老爺的日常，頑強的不信服青春早已遠離，單單記起某年夏日，東京新宿南口一間時刻滿座的ESPRESSO BAR，我在其中，聆聽室內漂流爵士靈魂的樂音，用餐巾紙寫了幾行給伊的短箋，才合眼拿起咖啡杯，輕舔一口，就溢出酸澀滋味。別情萋萋，想起那個人，為什麼會特別感傷？如同此刻，利用寥寂的靜默時光，獨坐寫字桌，神色俱變的把一段迷情，濃縮在不堪混攪的回憶。

一味相信，使人盲目，有些遺憾的浪漫，會在心裡蕩漾多久？誰知道？年過青春遇見的人，分享過的所有，經歷過的一切，都會留在記憶，不管如何，當愛慕的人潛入生命，進出無礙，怎麼也料想不到會變成這樣？只感到彼時有什麼比自己喜歡的人，同樣喜歡自己更易使人動心。

時日久了，難免困惑，手機儲存不少電話號碼，卻沒想要撥打，心裡會想，沒事別打電話給人，這會騷擾到接話的人。然，心頭還是有想給疏離許久的伊撥接的衝動。

有個能理解自己想法的人，會讓人感到歡欣。沒錯，如果三月的櫻花尚未凋零，會很想和他說說話；我不擅長編造故事，就只是想說上幾句話而已。已經很久沒跟對方用電話聊伊豆，或是談談伊東梅屋旅店的老闆娘，近況如何。

實在很想通話，很久以前，其實我並不打算要記得到底有多少年了，他教我電腦作業，我一點都不了解新科技，他是個好手，教了些基本常識，還替我組裝一部新電腦，對以寫作維生的人來說，這是重要的細活。他喜歡日本旅行，真是巧，所以經常在電話裡聊東京，以及跟旅行相關的見聞。

總覺得用電話聊天，比紙上談話更生動，我只想聽聽伊的聲音。如果沒了電話，不聊伊豆，不談旅行，我就不會記得這個人；像極了莎翁說的：「他的眼睛在追問，我又怎能不回答。」一宛若鏡花水月，空虛不實。

我的腦袋和情緒忙著奢求跟這種慣於流露冷面神色的人在一起，會是浪費時間嗎？喜歡一個人，憧憬未曾遇過的愛戀，有時會在一瞬間反面無情，說變就變。跟原本不盡如人意的人一起，有點索然無味；後來要跟這樣的人分開，又感到徒勞無言，這是怎樣極端的秉性？

兩人並非不再談起伊豆同行的波折，才做不成親密朋友，離開東京彼日，在成田空港先是接過伊一封賦予離情別緒的相悅信函；返台不久，隨即又收到一封細數齟齬不合，連朋友都當不起的訣別信，連續兩封情意大不同的信件，確切成為風暴來襲的徵兆。

一起旅行的終點難免有種大夢初醒的虛幻，特別是在這個睡眼惺忪的早晨。（特地爬起來寫的喔！）

關於在東京的漂流和在伊東的眷戀，也都該是到了尾聲。下次還有機會一起出來走走嗎？很難有肯定的答案，回台灣以後，各自又都有各自的人生必需進行，而生命從來都不必為了昨天的記憶再次排列組合，一樣的組合再也無法重聚，就算重聚了，也不會是昔日光景。

如果，萬一有一天，竟然又能在這並肩，再一起走完那些未能完成的旅程吧！

剩下的，就把一些遺憾轉換成期待的力量，有些悸動總會在過程中發生，也許會隨著旅行的結束而結束，但都是可以珍藏一生的美好記憶。我很容易為了分離而感覺哀傷，能夠在這個生命的轉角遇見老師，不是有緣就可以解釋得清楚。帶著疲倦的心情，要回頭走一段長長的回家路。謝謝，並且祝福一位可愛的老師，一個很棒的夏天。

第一封覆函示意：玻璃被海水磨平了，就不會傷害到任何人，受過傷的人就會變溫柔。真是這樣？後來，在每一次的旅行，我執意收集與櫻花相關的商品，櫻花酒、櫻花杯，久了之後，開始擴及收藏設計和印刷精美的櫻花紙製品，以為思念。

常年旅遊日本，可以淋一身春日櫻花雨，看盛夏燦爛奪目的紫陽花，撿拾秋天落地的楓葉，飄拂冬日綿綿冷冷的細雪，這是旅行給我帶來的美好感動；

好似曾在東京中野某家花店牆上見過的短箋，寫著「春は短し戀せよ男子」，春日苦短，少年愛戀，啊，化作千縷微風。

無論青春多麼亮麗，就因為擁有魅惑人心的本事，一切無從比較。艷陽下，伊東金燦燦的橘子海濱，掛在三島樂壽園楓樹上的嫩葉，俊美男子留在修善寺溫泉的笑顏，都洋溢青春氣味。那一季月色不復含羞的夏日，在伊豆，在中野旅店，到底有沒有做了特別的事？

因為川端康成的小說盛名而執意選擇前往伊豆旅行，不免想起多次改編成電影，風靡眾多讀者的《伊豆的舞孃》，以及川端少男時代的初戀情事。

川端就讀小學五年級時，住校擔任寢室長，接待名叫小笠原義人的同學，他對小笠原的第一印象是：「學校裡最溫和、最純潔的少年！」從小備受家庭照顧的小笠原，被川端認為是世上不會再有第二個像這樣幸福的人，這對生活在缺乏溫情的「寂寥的家」長大的川端來說，是極大的同性相吸的誘因；川端回憶：「與小笠原一起生活，是我精神上的一種解脫。」

在川端的小說裡，被暱稱「清野」年少的小笠原，是他「人生中遇到的最初之愛」，當時他們都年僅十六歲。

小笠原因病弱而晚了幾年入學，溫柔、靦腆、細心的性情，常在寢室裡默不作聲地為川端和同學做事。兩人成為要好的朋友，幾乎到了形影不離的地步。有一天，川端半夜發高燒，迷糊間聽見吟誦聲，他並沒有睜開眼睛，更不想讓跪坐身旁的小笠原知道自己正閉目裝睡聆聽祈禱詞，怕他害羞。等到川端病癒，小笠原還若無其事的說：「這是向你不知道的神作祈禱，所以你的病痊癒了。」這讓少年川端感動不已，兩人的感情更加親近。

寒冬，川端半夜起床小解，渾身冰冷發抖，回到寢室，主動鑽進小笠原的被窩，緊緊抱住他暖暖的身體，小笠原睜開眼，帶著幾分稚氣，一樣緊緊摟住川端的頷頸，兩人的臉頰貼在一起。這時，川端還用他的嘴唇輕吻小笠原的額頭，情不自禁的說：「你做我的情人吧！」小笠原不加思索的回答：「好啊！」隨後閉上眼睛，說：「我的身體都給你了，愛怎樣就怎樣，全都給你了。」

情竇初開的川端，第二天在日記寫道：「昨天晚上我痛徹心扉的想，我真得好好親他，讓我真誠的活在室員心裡，必須純潔地把他摟在胸前。今天早晨也是這樣，我的手感觸到他的胸脯、胳膊、嘴唇和牙齒，可愛得不得了。最愛我的，肯定把一切獻給我的，就只有這個少年了。」從此，每天晚上一上床，川端便把小笠原溫暖的胳膊移過來，抱著他的胸脯，擁著他的脖子。

「如果連這都不成為愛情，那麼愛情是什麼？」川端說：「也許這就是初戀吧！」他甚至覺得小笠原比少女更具誘惑，他要和他編織美好的愛戀。

不難理解這種感情，當時年紀尚輕，兩人之間更多的是精神上的交流。

無意拿文豪的少小往事做隱喻，貪戀便是貪戀，迷惘就是迷惘，如同伊豆夏日午後陣雨，來得猛烈，讓人猝不及防，偶而天邊露出一絲陽光，又把人帶入灰色地帶；含混不明的陰翳，惹人心慌。

人與人的關係，要是成為祕密，容易變得曖昧，好比從伊豆乘車回到東京，準備搭機返家的前個夜晚，糾纏牽連的別離之夜，伊迷說了不少前塵舊事，正如小笠原純真的感情讓自小失去親人的川端感受到溫暖，他認為這是一生中遇到最早與最珍貴的友誼和愛情。

一九四八年，已達天命之年的川端，在〈獨影自命〉寫道：「這是我人生第一次遇到的愛情，也許可稱做是我的初戀！我在這次的愛情中獲得溫暖、純淨和拯救。清野甚至讓我想到他不是這個塵世間的少年。從那以後，到我五十歲為止，都不曾再遇到這樣純情的愛。」

伊豆旅行的那一季盛夏，偏執的以夢幻追逐虛無，錯把伊當成電影《伊豆的舞孃》俊美的三浦友和，甚至根本不及認清什麼是愛戀的真諦，就在旅途把精神耗盡，讓真實而確切的迷戀到達極致，迷失也到了終點，最後連那一份真摯私情，都遭到撕心裂肺的重擊。

我的生命在無意間讓伊進入，也讓自己粗莽闖進對方的心，委婉的說，伊是個使人著迷的人，是激發我一再妄圖戀慕的人，直至收到第二封示意後會難期，無緣再見的覆函，一封令我著實不知如何面對的信函，使得那剩餘少量憧憬的想望，慘遭吞噬。如果必須分開，非要這樣相互傷害嗎？不如讓我忘了彼此經歷的一切吧。

曾經，伊就站在那裡，只要有伊在，便能使人心悅誠服的歡喜，從而跌落到要人命的依戀，這苦澀的情愫，別離很累，不被理解很累，簡直是無色哀戚的苦難。然，即使苦痛，人類多虧有了愛與戀，才得以成長。我已不想面對，只能假惺惺選擇逃離，總覺得好或不好的情誼就算這樣結束，也無需留下不想醒來的殘夢！

如果時間是無限的，奇蹟就可能出現，人生不都是一直在漂泊的路途移動？旅行共振產生的戀情，猶如短暫的櫻花開落，不過燦爛一下，美麗一時，即便飄落，成為春日最後一抹繽紛，說是無情地來去匆匆，絕情地留下難忍回眸的幻影也無不可。

我已不需要擁有一個或多個可以共伴旅行的人，不需要有能一起談論伊豆的人，不需要有一起吃三島車站販賣店冰冰綿綿雪莓娘的人，甚至不會再把遺憾寄託他人身上，這對我沒什麼意義，我不用給答案，也不想有答案。過去對彼此坦承情誼，披露心事，仍舊對難解的本相實情感到無助，當時黏膩一起，後來連朋友都做不成，所以才會捕風捉影，惶惑地撫慰不平靜的心神。

人生不就是這樣，想像美好的未來永遠存在，明天後天的每一天，不是任何情感都可以永恆，不是所有戀情都可以完滿，事件都將映照在現實中，那便是，事到如今還在敘述相識短促，感慨何用的人，說不定會讓對方訕笑真是不知進退的傻子。

存心留戀的火苗不再燃起，若是心真意誠，何必在乎相與付出多少真情實意。意亂情迷的時光，可也算是情有義理？只是，必要分離時，誰都別說誰的是非；雖則最後留予幾許爭執，難免缺憾多過奢望，總是為純粹的激情洗禮，做了一次徹底的解脫。

變化多端的情緒，永遠有第三方存在，看似極為陌生的錯愛，其初生澀，其次苦澀，使人不禁驚愕，它原本就不屬於任何人，應該堅毅地放它走。命裡注定的一切，依附在錯亂之中，不許自己活在不情願的沮喪深淵。

說這些，到底醒悟了沒？真正值得珍惜的愛戀是針對一個特定的，命中注定的對象，是那種能帶來實質快樂和幸福，至死不渝的情愛。但那種愛極其罕見，就像柏拉圖式的愛情，是基於美德吸引力，產生愛欲的靈魂伴侶；相對於通俗的戀情，則是由心念激發，以能發生性關係為前提的欲望。如此說來，柏拉圖式的愛情，便是由抽象主義與智慧美德激發的欲望罷了。

想起伊的名字，不禁怦然心動，一再繚繞心思的酸澀，叫人害怕一旦觸摸，會如泡沫般破滅。曾經意亂情迷的貪戀，甚至為此妄想伊會以溫婉笑顏留下記憶，別把錯愛的人當成信仰啊，就此揮別東京通夜不瞑的離情，忘了初時邂逅的情景，忘了怎麼會從迷戀到迷失，進而萌生心痛的事實；讓時間告別過去，櫻花凋零的苦戀美學，超乎尋常，「這不也是初次直接觸及生命氣息的感動嗎？」毫無疑義，我深信少年川端的感受：這是情竇初開，性的覺醒。

原載二〇二三年七月十九日《自由時報・副刊》

晴れ男

結識家住中壢的向教授，對一個正進入暮景殘光、滿面塵灰的人來說，我確實需要激勵自己勇敢生活，每一天都能期待明日到來！

清晨睜開眼，窗臺熹微的曙光從灌木叢悄然鑽出，用一種逢迎的丰姿望著我；這寂靜的社區八樓，日子有時愁悶乏味，難免慘白，不覺一腳蹉了個搬離台北已然十年，擾攘的思緒不時低吟：那是新日子的開始。

匆促離去，想是我妄圖擺脫記憶裡，無意贅述的某些鄙事，我可能永遠也不想解開這個根本沒準備好需不需要回應的問題；那是我恣意隱藏的曚昧無知，毫無非同尋常可言。真確的說，我的確需要透過沉澱，救贖因為必須離去又不捨離別，支離破碎的心情。欸，只是搬個家，並沒什麼呀，我絮絮叨叨問自己：如果能夠重新來過，還會想回到原來的地方嗎？

如果人生只有別離，那春天為什麼還要到來？

與此同時，若有悔怨，大抵是對舊居的惦念。然，那裡大概也沒有想見的人，想做的事了，教我如何能從不確定的羈絆中，如常釋懷？

看待遷徙，好比旅行，一站過一站，每一站都有各自饒富興味的風景，不同的景色猶能添增旅途意味，從而理解人生，不愁生命了無識趣。只是，面臨新居，有時連吃塊鬆餅，都會感到陌生；未曾有過的惶恐，使我驚覺後中年餘生，除了寫作，別無其他技能好謀生，今後恐怕難以再像年輕時可以大方敞開天真懦愚、自以為的任性，然後，不自覺進入還在對人生莫知所措的後中年。

這種光景，無疑回應了最初遷移的不安窘境。哎，或許是我多想了。

穿越十年時空，有一種沉重感慨，叫無奈；人一旦上了年紀，生活形態丕變，似乎很難結交新伙伴，問我難堪嗎？有無不好分辨故鄉他鄉、新朋舊友的差異困惑？若說我仍有心思，料想真情實意的友誼不會只存在真空，我有同伴卻鮮少知交，好友不易求，朋友過多，感情空間會擁擠，那不是我要的。

直到某年秋日，在中壢一所大學課堂，遇見一位獨具雍容風貌的教師，精神奕奕的流露博學文雅，得知他的為人：風趣、謙遜、親和、有禮，多半覺到懇切；他是大學副教授，我虔敬喊他「向教授」，年輕學者總是帶著靦腆笑容出現在文學活動場合；面對群眾，說話正向，無不是善意和誠意並馳的機智語言，聽來使人如沐暖流。

不想在不明什麼叫安居樂業，什麼又是鄉土情懷，就糊里糊塗在新居熬惱度日，這不會是我要的得償所願；幾次經過熱鬧的中原夜市，巧遇這位能理解常人想法和主張的讀書人，無異讓我這個新移民感到歡悅；一個人能在音信沉寂時刻，出現有緣人的邂逅，算是奇蹟了。

原來，接觸一位新朋友的方式，只要付出一份真情就能完成。過去沒機會遇到可以相惜的人，並不表示年老衰朽之後，不會遇見可預期的友朋；結識家住中壢的向教授，對一個正進入暮景殘光、滿面塵灰的人來說，我確實需要激勵自己勇敢生活，每一天都能期待明日到來！

某日午後，他從中壢駕車到桃園，專程送來好吃的地方料理，那是過去我對桃園未有美食的偏頗之失的印象裡，格外鍾愛的龍崗破酥包，這款具有奇特稱呼的包子，乍聽以為什麼「破書包」，隨後明白，那是源自雲南的特色小吃，包子麵皮都是手工捏製的蓬鬆層次，一圈一層撕著吃。口味有豆沙、鮮肉以及筍乾，可口極了。多年來，誤解桃園沒有誘人美食，其重鎮竟在中壢龍崗。

他溫柔熱心的為人，讓我想起川端康成在小說《伊豆的舞孃》描述男主角川島正搭船從南伊豆下田港準備返回東京途中，在船艙遇到家住河津，一位工廠主人的兒子，川島因為「飢寒交迫」而吃了他的海苔卷，又鑽入他的學生斗篷內，作者寫道：「他的親切教我覺得一切受之於他都是那麼自然，甚至有種過於美好的空虛。」我直言無諱的感覺自己正是那樣。

一圈一層撕開破酥包的感覺，好似我對向教授的印象，當一層揭一層，再一層，仔細品味，無論疑惑、好奇，發覺破酥包的作業，宛若傳述他波折乖謬的青少歷程，盡是層層迂迴、密密坦露。

紛亂嘈雜的年代，漠然不覺的人際，見他遇上再難的事，仍以正直能量處理，猶如暖氣襲人。過去以來，鮮少遇見願意把笑顏、真誠情誼、雍容大氣感染周遭的人。這種感受，無不是帶著正向思考面對生命的人；或許我應當賦予他純粹的「晴れ男」，也就是「晴天之男」，即使不幸事件接連發生，他用良善掙脫無意義的束縛，抱持明天仍是希望的積極態度，未嘗不是福分。

天晴之後也會下雨，下過雨後一樣放晴，相對於他出現的地方，總會是有陽光送暖的晴空，充滿和煦、溫馨。

這是怎樣玄奧的心智？絕不是我無中生有的發現，他的作為讓我見識到讀書人的溫文本色。

我對他的認知是否精闢透澈？說來不多，這個溢滿正向能量的男子，自少時起，積累無比沉重的成長負荷，我讀他著作的《何處是兒時的家》，讀到：「父親在我國小三年級時就因遭到構陷入獄，在我成長的歲月裡，幾乎不曾和友朋提過家裡的事，當然也不曾求助過任何人，當時所有家裡原有的人脈關係，隨之中斷；母親曾想盡辦法找人幫忙營救，到最後不是無效，就是遭到詐騙，甚至連父親原本有的功勳獎章，都被人騙走，人情冷暖我很小就知道。」影響所及，恍悟明瞭這個軍人子弟，終竟把自己的不幸、憂傷及並不快樂的隱私深藏心底，絕口未提，僅用文字把受致厄運之後的熱力與溫暖傳染他人，如他所言：「苦難是經不住比較的，它既是獨特的，個人的，又是普遍的，超越的。」

纖細的親情描寫風格，像磨利的刀，深深刺進讀者的心，對我來說，那是一種情意深切的優雅之美。他描述年少時代的困厄經歷，筆彩生動，情狀愴然動容，使我感覺心如死灰的親情之誼，同受撼動的再次醒來。

桃園四季蟲鳴鳥啼，忽來幾陣旅途中的清風，像是沒有終站的一吹幾百里；整個仲秋，我在他的作品裡讀到身為人子，處境艱難中呈現的真摯生命，並從中領受他那遭到冤屈的父親，正是牽絆他憂心如擣寫下給重要人閱讀的文章的懸念。如南丁格爾說：「所謂天使，並非撒下美麗花朵的人，而是為苦惱的人奮戰的人。」

不知道向教授的見解如何？放棄志向比不放棄志向更需要勇氣，如果少了志向，人為何而活？總覺得，人自出生那一刻，命運便已注定，所以沒必要刻意改變，充其量也改變不了什麼；人就是因為一再勉強自己改變，才會活出那麼多懊惱、悔恨和痛苦。他用生命書寫艱困少年，卻用文學志向為人間，為他任教的學堂撒下美麗花朵，顯耀困境也能開出燦爛之花。

曾經想著一輩子要平凡過日子，但長久生活在混雜著任性與懦弱的矛盾裡，使生命失去不少色彩，身心俱疲之際，倏忽意識到，少年、青年、中年，明明什麼都還沒做好，不少遠大的理想未竟完滿，怎麼到了桃園就衰弱了，蒼老了，年歲逃走了，宛延得讓人心慌。

生命成長的感動，是經由省思才得到的，成年人會覺得怎麼那麼快又少了一年，那是因為成人的生活每天都一成不變，小孩天天有新體驗，日日鮮活，使印象深刻，所以覺得時間過得慢。這一夜，秋的前腳才剛踏出，再度捧讀《何處是兒時的家》，讀了幾頁，仍覺心酸，眼前倏然浮現年少時期的幾件心事。

我在志識未定的少年時代，眼見年輕即從事新聞記者工作的父親，遍歷日治、民國，從日文、漢文一路進化到私下學習文言式的華語，以此作為寫作新聞的基礎，不意遭追隨國民政府來台的御用記者嘲笑、羞辱，鄙夷父親中文能力差，豈夠格身任「無冕王」。集體排擠之餘，偏巧我就學初中某年，父親又遭朋友牽累，以一張借人使用，最後未能兌現的支票，遭判服監。那是颼冷冷淒風的暮秋，父親不見了，晦昧的家計陷入不存不濟。我知道，那孤危無助的三個月，永遠過不去。

被打慘的心無如刺痛，實在難忍煎熬，覺得親情被險惡人性襲擊，淪落到差些滅頂的苦痛深淵，人間耀眼的少年風景，全被裂解；我下意識悖逆自己不見得要埋首讀書，毋需繼續升學的念頭，不斷增長，但盼長大成人後，貧乏歲月積聚的忿怒或可一掃而空。

生命的本質是一個人獨活，卻要處理許多個人、他人的事。莫可逆料的家變，使家人被拘禁在要人窒息到無處可逃的密室，我見父母苦澀的樣貌，像掛在樹梢的枯朽黃葉，暗沉蕭瑟，獨留孩子滴落的淚水，悲涼酸楚。

我非完全少不更事的人，事情發生便是發生了，就像夏日颶風，來得猛烈，把人帶入悚然的驚心狀態，以致惶惶無措。少年這東西，說來明麗動人，可一旦身處其中，無不跋扈自恣；再說，誰家少年不是一段愁紅慘綠的成長過程？誰家少年沒有祕密？我的青少卻是和人隔了一道牆，用來保持距離。

由於長時間隱忍在看不到義理的職場，父親變得少言寡語，鮮有知心朋友，僅能寄望成人後的小孩，長進、爭氣。彼時，風吹撲簌的新竹，我心慌意亂，莫言無助的望著天空，看著遠方，一步一步走進黝黯之中，什麼也看不明，徒使九降風倏倏吹落一地黃葉。

眼下，是不是寒露正濃？

在那個寂寥的年代，隱蔽遭到獰惡現實襲擊的中落家道，是我用盡年少氣力拒斥的卑陋舊事，其實更是在已知的惡劣環境裡，無可避免的目睹了鄙俗不堪的現世；我理解寬恕比罪孽重要，若是不斷糾結憎恨，人就無法前進；後來，我以父親的長男身分，承繼編輯、出版，藉此走進人群，未敢疏懶，以勤懇學書之姿，換取小小成績，替他爭得少許顏面。

命中注定會失去重要的人，想躲也躲不了。父親棄世後，我的生命陷入極端不安的焦慮中，揪心扒肝的整理他在病逝前，和我筆談，留下潦草字跡的雜記本、出版的粗糙週刊，以及父子同行日本，幾本厚重的遊蹤相簿，作為珍貴遺物；至於他的新聞寫作、編輯與出版的因子，我所能理解的是：已植入我身。

初遷桃園後，如此渴望重返與文學過從綿密的情懷，拚命寫作之虞，整個人差些癱在書桌，與文字一起埋葬。想起村上春樹說：「寫作是十分孤獨的職業。這份孤獨，既催生靈感，也容易摧毀生活。」又說：「寫作不是只會寫，還要能持續的寫。」是的，我不想放棄的寫作，或許別人也會用心默默實現。

我的人生並非只為守著書寫而存在，世界絕不會是只為我，或為哪件事而轉，她總會讓人無休不止的遍嘗苦頭，就像經歷與親人生離死別的苦痛後，更加意識到，情感對人有多麼重要，重要到即使此生必須背負諸多恩情，也想活在盡心盡力之中。

今天的日子只存在於今天，我用文字紀錄後中年在桃園的知遇，當記下「晴れ男」這個詞、這個人歷經的苦難，對我來說，到底有無敲醒怎樣的啟示和領悟？字彙是飛鴻的翅膀，覆載著人的風景亦有美麗光芒，我尚能從向鴻全教授饋贈的破酥包，看見晦暗生命綻開的晴光，如月夜被遺忘在田埂的油燈，發出纖雲不染的清明光澤。

原載二〇二三年一月十三日《自由時報・副刊》

我的青春
已過期

但使歲月開花結果，不必等到枯槁無潤澤，再歸還給未來當廉價回憶；生命存款這東西，遽然等不及，想領也領不出來了。

自嘲青春不再，也不是什麼卑微的事，或許有人要說，每個人都是這樣的呀！不忍青春殘像留予破滅，我用慵懶的心情在成長歷程尋找真實，最後卻遺忘與青春相遇的事。青春不再，會不會感到心酸或落寞？明確的說，青春就像水墨畫的技藝，不是描繪眼前的花，是存在心裡的花。對我來說，青春宛若雨後空蕩的街道，又似曖昧白色的墨染櫻，只是時光概念、歲月記號、成長暱稱。

少年伊始，就被漠然不覺的舉止，束縛在孤僻的蠶繭之中，青春自然不會圍繞著轉，著實難以艷羨仰望。說起來，我大概就是，人生每個階段都會讓情緒陷入陰翳的「雨男」。

怎麼會在後中年時光，失去對生命大悟其意的熱情？曾經有過如春花鮮明耀眼的氣度，那麼討自己歡心，如盛夏熱呼呼的年輕胴體，自戀得像一場綺麗的夢，不過瞬息，便跨越了大半生。

青春邂逅的人，經歷的事，分享過的情懷，無論美好或遺憾，會因人不同，因事別異的隨風而逝，當時熱絡的心徘徊在晶亮的眼眸，擱淺在溫暖的胸膛，留戀在不捨分離的小手，浸沉在情不自禁的貪戀，所有的一切，再也回不來。彼時，能擁有多少真情實意，就放恣揮灑，但使歲月開花結果，不必等到枯槁無潤澤，再歸還給未來當廉價回憶；生命存款這東西，遽然等不及，想領也領不出來了。

年少輕狂，不就像全力撲向食物的猴子那樣，湧出許多奇異魅惑？或是說，擁抱新奇的覺悟迎面而上，才算正確的青春？有人說丟掉回顧，別被青春誘惑，啊，青春年華不過三年五載，根本未及仔細感受，即刻遭時間衝撞，游移到另一群人身上。不論情況如何，就算僅有少數人飄瀟走過彼此的青春，也足於感動了。

相信會有能夠替代青春氣味的東西，絕對可以尋找到的，青春不單單是經由內心創造，無論毀損與否，即便是無所牽掛的任性和自在的價值吧！

從台北遷徙桃園活命的後中年，我像久病難癒的老人，在無能停止的瞎忙中，把郁郁青青的記憶，遺留在越來越陌生的牯嶺街、金門街、師大路、羅斯福路、狀元吉第、號角出版社。其時迷戀日本文豪的美文、聽恰克與飛鳥的歌、看三浦友和的電影的陳年舊事，還記得多少？

始終孤僻的我，居住羅斯福路，在城南生活的後期，閱讀過名列當代百萬暢銷作家，筆名敷米漿，就讀輔大日文系，在台灣出版業低迷的蕭瑟環境，以一本小說《你轉身，我下樓》狂賣數十萬冊，媒體喻稱「一炮而紅的網路作家」的青春作品。

後來，這個青年的短篇《楊楊米的夏天》被改編成《夏天的向日葵》電視劇，一時間，顏值出眾的敷米漿，躋身文壇偶像。他說：「你可能看過我用筆名敷米漿寫的小說《你轉身，我下樓》，或者《別讓我一個人撐傘》，這幾本書現在在書店架上，見證我曾擁有的作家光環，而當時豐厚的版稅足以支付我在北部買房。現在回頭再看，那段日子已經變得不太真實。」

明明只是為了探究一本傳為奇譚的情愛小說，何來本事狂銷百萬，本能的進到書店買了書；不出幾年，為青春謳歌的少年，因染患罕見「眼球顫動症」

眼疾，停筆多年，復以本名姜泰宇重新出發寫作《洗車人家》。從青春作家轉行成兼職寫作的洗車工人，媒體形容：以作家之眼、洗車工之手，記錄一條與骯髒無奈為伍的路，書寫一段又一段洗髒了身體的人生。

桃園某年夏日，終得機緣結識這位英氣勃發的奇絕少年，這個把青春磨耗在小說創作，依然堅持「對他人坦承就是對自己坦承」的美男，在龜山、林口洗車討生活，青春時期擁有的榮耀成就，存在或消失，全然與歲月無涉，與生活無關，他那同為寫作人的妻子洛心說：

「很慶幸，泰宇找回了寫作的自信，將這幾年來來去去的人事物，擷取了他最喜愛的、不堪的、想說的、不願意說的片段，寫成了《洗車人家》。這些故事不是聽說，不是觀察，也並非田調，而是他的人生。他說他的人生弄髒了，不知道什麼時候開始洗不乾淨了。我說沒關係，川流的洗車水是條河，你是個擺渡人，而這些來來去去的，都是上了彼岸的人。」

無可匹敵的俊彥青年，並未因洗車而弄髒青春光環，後來又秉持毅力，以回顧醒悟的心情，義無反顧地寫了一本交織霸凌與被霸凌，撕裂靈魂的書《記得我的名字》，那是青春成長的無助與莫奈的寫實風波，「很多時候我會想起這一段路。尤其是我在派出所半蹲，教官走進來看見我，第一件事就是把我踹得腰弓起來、好像一隻煮紅的蝦子，然後在派出所地板滑了幾公尺的時候，……」

少年或會做出許多蠢事，他把青春、品貌和體會，以文字輸入小說，有點愁緒，有點憤世嫉俗；好吧，那就用文采去厭惡那些說你不知趣的人，就算被討厭，也不必感慨。

變化無常的青春，易於使人生扭曲成不純粹，群眾世界容不下天真、無知，說是不揚棄青春，就不會有現在，不忘記青春，就不會有未來。讀《記得我的名字》，驚覺擁有青春本色的人，彼此常以相互傷害而活著。再說，誰的年少不是過往，過去那些幼稚、抑鬱，對情感曖昧的青澀，無非一場羞赧的印記；慶幸我還能在書裡讀到他用智慧寫出坦然，用溫暖的文字跟霸氣青春和解。

始終相信，人生無需擅自比較，每個人都有自己的宿命，每一階段也都有屬於自己的因果。我的寂寥年歲和疾馳隱遁的青春，藏掩在混沌之中，毫無分寸的讓識或不識的人走進生活，衝撞出頻繁災難，只是不明白對於那些人、那些事的信賴是如何滋長的？

總覺得，人自出生那一刻，命運便已注定，所以沒必要刻意改變，其實也改變不了什麼。尤其在遭遇困境或負面情緒時，嚷著改變，說這樣的人生才有意義；問題是，人就是因為一再勉強自己改變，才會活出那麼多懊惱、悔恨和痛苦。人生要活得像一夜無眠的月色，就算失色也不一定真的失色；就算偏差也沒差，只要不加重對承諾的壓力，生命便能有模有樣，偏蝕的月色終究還是會圓回來。

天地間，每個人都有想安靜聆聽的青春歌謠，更有不想讓人聽到內容的對話，這種祕密，是充滿在那裡等待的希望，但，這是希望還是絕望？還是說，要把絕望這條路走到盡頭，才看得見希望？比起必須拖著沉重腳步向前行進才可能獲得的希望，絕望或許更加容易發生。絕望，不就是靜靜坐著等待就好了嗎？好比放假日，休息才是真正的作業；就像，青春不再是一種哲學。

再說，並非穿著時尚即是青春，青春消逝，沒什麼好苦惱；姜泰宇勇於放下暢銷書作家的身段，埋首洗車工，這是真男子的粲然青春；然，這種青春不是我的，任何人的青春也不會是我的，我的慘白青春早過期，讀《記得我的名字》，始知熱烈的青春竟是經由省思與付出，獲致的一種寂靜圓融的靈性。

日本導演是枝裕和的電影《比海還深》，描述以寫作出道，後來再無作品問世，只能依靠在徵信社兼職當偵探過活的主角良多，無時無刻浸沉在過往的短暫輝煌，為懷才不遇苦悶。這讓獨居的老母親，眼見婚變後付不出贍養費的兒子，鬱鬱不得志，不禁感傷，卻仍對他抱持希望，鼓勵他：「我從來沒有愛誰愛得比海更深過，哪怕已到了這把年紀，我想大多數的人都沒那樣愛過誰，但生活還是要繼續，每天還是開開心心，或許正因為沒有過，才過得開心，平凡的生活也能自得其樂。」

不再擁有榮耀或青春，卻未失去追逐夢想的真性情，是不是同樣可以開心過日子？

「情感如同繪畫，不斷把顏色堆疊上去，從表面看不見下面的東西，但底下的顏料依然存在。」劇中這段話，使人想起宮崎駿在《神隱少女》說過類似的名言：「發生過的事情不會消失，只是想不起來而已。」想到人在情感的空間生存，每天被生活束縛，做著重複的事，看到相似場景，遇到相同挫折，有時還需要假裝想得開，這讓心很累，累得很沉悶。

曾經渴望生命是確切的極致美，只為壓抑善變的情感遠離現實，而當夢醒之後，卻只記得差些溺死在寫作間，與文字堆一起埋葬。也是，驚喜從來就不會憑空出現，忽忽驚覺歲月更迭，生活行腳好似沒有終點，不想還不懂什麼是煉獄人間的青春，未及踮起腳尖在紫薇花下撫摸著夏日，便糊里糊塗過完奔逸絕塵的一生。

人會不惜青春的把目光放在不好預知的未來，所以才會捕風捉影，促使心安，那些成天掛在嘴邊，老調重彈的應世哲理，無不塞滿晦澀，盡是沉重；我的妄為年少，和誰相遇相知的情懷、怎麼尋路過來的歷歷往事，到終了都需刪除。歲月是這樣的呀，要讓曾被繁複情緒踐踏出支離破碎的生命烙痕，剔除到記憶之外，繼而把無論多麼慘綠的少年煩惱，無悔的拋棄。

我便想起勇氣，若是青春奇遇，愛了便是愛了，若是青春放肆，做了便是做了，就因為年少，是青春，所以無從計較。

青春不再，寂寞和憂傷全寫在臉上，實在憂喜參半，這樣的肆意作為，好比世上再也沒有比單身漢幫助別人成就戀愛還空洞無聊的事；寂寞和憂傷有什麼區別？或許可以這樣說：寂寞是把自己放在優先順序的感受，憂傷是把虛無放在優先順序的感受。

我對青春的空寂信仰，從青蔥少年移易到後中年，未曾改變，愈加明白自己生來有多愚蠢、多糟糕，春來不知惜春，冬至不覺溫差，竟把青澀給與放縱；就像你若問我喜不喜歡桃園，我會回答：不如問我如何遊戲人間；若問我喜不喜歡心智早熟的姜泰宇的小說，我會回覆：不如問我記不記得青春。

然而，然而，青春猶未消失，他一直在那裡。

原載二〇二三年六月十七日《中華日報・副刊》

走過豐饒的八〇年代

八〇年代不正是副刊引領文學風潮，文風鼎盛、寫手雲湧崛起、出版暢旺的大好時代？

寂無人聲的暮春，窗外輕風吹細雨，雨水一點一點飄落，忽大忽小，清夜兀坐寫字桌，閱讀林文義在副刊回顧八〇年代，書寫「生活即文學，文學即生活」的散文之作：「率性和放任，是否就是一生不合時宜，格格不入的另類思索？主觀且自以為是的疏離文學，潛注漫畫，好聽是靜思尋求未來文字是否有突破的可能，事實是懼怕現實生活困頓的憂鬱挫折，那是八〇年代初，我的美麗與哀愁。」又說：「沉鬱而憂愁，最灰黯的八〇年代中期，我不渝寫作，以為胃出血死去亦可……只告訴任性、率直、不馴的自己，文學還在不可餒志！」再讀：「請告訴我，八〇年代，美麗與哀愁交熾祈求黎明的希望。如果依循從前的鄉愁、輸誠、討巧……那不如讓我隱遁吧！堅信：作家就是自己的政府。」驚覺字裡行間的沉痛：「沉默。意味八〇年代中期，我一無所有。」

八〇年代不正是副刊引領文學風潮，文風鼎盛、寫手雲湧崛起、出版暢旺的大好時代？他不就是那個活躍在紛擾文壇，出類拔萃的散文好手？閱讀他描繪八〇年代非比尋常的愛怨心情，這一切既像是對久遠年月的省思，又像是內心懸揣著極其難解的不安。

他口中「一無所有」的不安年代，正是他時常出現在熱門文教區的時代，為洪建全基金會編書，協助蘭亭出版社編書，與黃武忠合編文學家雜誌、散文季刊，同時寫作散文，為雜誌社畫漫畫，生活清苦，直到八〇年代末期主編自立晚報副刊，他的文學創作再次跨越新風貌，為個人的散文風格再造新意象。

他為讀者簽名、畫畫時的眼神像極無憂無慮的小孩，落筆的線條卻帶著一絲哀傷，誰感受過那樣深切的知覺？寫作時，他是否流露出與熱戀文學時同樣的歡悅神情？實則，他把自己圍困在單一而孤寂的文字世界，走過的八〇年代，愛過的八〇年代，無非讓他從深思中領受散文寫作的無邊風月，由是，我已能逐漸理解他自八〇年代伊始，從文學創作摸索出來的筆鋒特質。

當一個人承認自己的性情不夠瀟灑，對崢嶸歲月不再依戀時，說明這個人的心智成熟了；經歷多重艱困時光，林文義要是沒經受煎熬的歷練，大概體會不到寫作的樂趣。這麼說來，掙扎也沒什麼不好。

這樣說吧，八〇之後，留下的是時間沉澱下來，他的散文創作趨於沉穩，使得日後對變動時代的愛恨，都能坦然一笑置之，融合報導與散文精隨的《大地之子》的出版，即是他盡心為當代社會提出上乘見解的佳構。

同時期，我則居址不定的在金門街主編愛書人雜誌，兼及主持號角出版社，汲汲營營於為那個遼闊卻不好觸碰的出版夢想奮鬥，從而感受，歷經台灣經濟與文化變異幅度最大的年代，當從習慣性的閱讀中，讀到一則故事，彷彿身在其中，書像宇宙又像天下，讀了一本有意思的書，作者傳述的事件就像真實的夢，持續陪伴身邊；當什麼都不讀、不看，不為生存奮鬥，不就什麼都不是。

同樣歷經文學與出版深厚且沉重的興衰期，林文義在他愛戀過的八〇年代，描繪的人、事和回憶，使人油然而生那種以閱讀陪伴成長，以文學創作見證時代變遷的景況，可能再現？宛如認同，宛如嘲弄，宛如只重功利，一種不再講究文明、無視文學存在之必要的時代，如風呼呼迫近。

一生追求完美，無時無刻緊抱文學，獨獨存活在寫作與漫畫之中，他即是戰後新生代寫作者，憑藉閱讀和旅行深刻感受文學魅惑魔力，承其影響，成就為台灣當代出色的散文作家。

現實不如漫畫或小說，可以充滿想像與期待，青春期和不少文學創作者，一起走過繁瑣吵嘈的八〇年代，我問自己，有無像林文義那樣深切貼近詭譎多變的社會？或許這不是願不願意記憶的問題，而是，即使刻意遺忘時代陳跡，剩餘的生命仍需隨生存軌跡一路走下去，直到盡頭；可以這樣說，縱令不喜歡濕漉漉的雨季，一樣可以擁有幸福，善意的回顧，善變的八〇年代，不覺過往的事需要一再提起，雖然有過絕望，卻無法後悔，沒有放棄，這些已經足夠讓宿命重新被改寫，哪還有什麼感歎之累呀！

自一九八〇年始，獨步遠行日本採擷文學地景素材，我那悖亂也綺麗的青春隨之消逝無蹤，卻滿足於自己耗費心神和時間，完成一件又一件的寫作任務；多少年了，林文義依然在充滿孤寂的「完全寫作」的移易時空，以詩文，一篇接續一篇回顧八〇年代，他說：「四十年後，夢與醒之間的距離竟然如此接近？夜深人靜，藉小酒不為懷舊，實是深切祈盼得以全然遺忘。四十年前，青春正好的自己究竟何所思?晚秋近冬的四十年後，幾近半生的去日無多，怎會一再倦眼回眸?已然遠矣的前世紀八〇年代，我眷愛過，無憾不慢的美麗。」

文學創作昌明的八〇年代，不免恍悟，有了書冊，人就不必憂心孤單，世界最幸福而富有的事，要如搬遷桃園南崁的林文義那樣，在有著美麗街景的窗邊，喝著香醇咖啡看書;書本無法為人類提供可以遮蔽風雨的地方，至少能協助人們抗拒鄙俗，滿足人們想要的精神生活，書本可以做到，作家可以做到，書和閱讀能給人面對現實世界的勇氣，有了勇氣便足以擁有純粹的自我，從而領受美好，遇見美麗。

急遽異動的年代，依然存在不少喜歡與書本為伍的人，讀輕小說也好，看勵志小品也沒不好，直率而習慣性閱讀，有時會幻想這些書籍不應是凡人寫出來的，而是作者以神奇的狀態出現的，一本書是作家的珍奇心血，是為了超越理想的生命態度而落筆完成，除了是值得追尋的珍品，更是豐富人文生活的必需品。

就像有人從來沒仔細看過天空的顏色，但天空的色彩早就存在那裡，我相信他說：「無憾不慢的美麗」，縱令當前出版衰退，我依舊從容無礙的在寫作軌跡思索，終有一天，絕對會有這樣一天，熱鬧的出版業，會在另一群人身上重生。

同樣走過蕭瑟與華美並行，變動不已的八〇年代；同是沉浮天涯一角的寫作人，對文學的繫念，如我所見，一式一樣，毫無二致，那是四、五年級生難以抹滅，含括文化與藝術合併躍動的世代，一個不捨忘懷，有人文、有進化、有競逐、更有傷感，難得圓融的生動世代。

看看林文義讓人感到困惑的不安，猜想必是長期承受「不快樂的安全感」作祟，這使我聯想起曾在網路見過大阪登美丘高校，以象徵八〇年代中期，社會好景氣為主題，配合流行歌手荻野目洋子演唱Ear You Up的舞蹈「泡沫舞」的影片，那是榮登二〇一六全日本舞蹈競賽優勝，及至榮登NHK音樂節目表演的作品，舞者盡情揮灑的狂歡舞姿，勢甚洶湧，令人歎為觀止，不禁記憶起多端變化的八〇年代，日本泡沫經濟的枯榮光景。

來自大阪「登美丘高校舞蹈社」數十位社員組成的舞蹈團隊，梳理盛行的半屏山髮型、身著高寬墊肩上衣、濃妝豔抹的誇張造型，穿越一九八〇流行的迪斯可，展現絕佳默契的動感舞步，不僅風靡日本全國，台灣、韓國、香港一樣席捲「登美丘」旋風。三十餘位年歲未及十八的女高校生，何來意想不到的巧思，僅用一首單曲歌舞，佐以潮流妝扮，向那個經濟與文化昌盛的年代致意？

網路平台瀏覽登美丘熱烈舞蹈的初夏午後，遑遑想起一九八〇第一年秋季，在父親陪同下，前行關東和關西，步入富庶繁榮、潮流時尚，顯現前衛藝文氣息的銀座、原宿、澀谷、代官山、新宿，不意外，我旅宿的代代木就在新宿車站附近，購物、啜飲咖啡，還首次踏進開啟文學館先鋒，東京目黑區第一間「日本近代文學館」的斑斑舊事。

「旅行是文學的追尋」相識於八〇年代的林文義如是說道。彼時，正逢日本經濟躍進史上最蓬勃的萌發期，景氣復甦，游資過多，社會快速邁向興盛，就算普通上班族，每個月也能拿到幾十萬工資，那可不是一般顯榮的年代，注重尊嚴的昭和男人，為維護顏面，日夜出入迪斯可舞廳、酒店，過著揮霍無度，形難為狀的生活，加上次文化、流行文化併發，女性穿著粉色系墊肩上衣、螢光色系迷你裙、吹起半屏山瀏海；男性穿著寬鬆高腰的西裝褲、電燙斜瀏海或櫻木花道髮型，流風所及，成為世界頂尖的時尚中心，驕奢虛浮的跡象，形成瘋狂奢靡的代名詞。

八〇中期到九〇初期，短短數年的豐饒歲月，史稱「日本泡沫經濟」。

那些日子，年年進出流行文化推陳出新，溢滿浪漫大正與復古昭和，交織美學元素的城市，我在東京、橫濱、鎌倉、伊豆、大阪、京都、神戶、奈良、四國和九州，尋訪終戰後，致力重振品德勇氣，再造新穎人文的「新日本」，目睹地下鐵及各級車站，書攤、書店林立，嶄新的書報雜誌，競進爭奇，使人目不暇給；電車、公車候車亭的男女老少，人手一冊文庫本、推理小說、漫畫或報紙，趁便候車、乘車時閱讀，無不流露文雅風貌；當閱讀蔚成時尚，《朝日新聞》的頭版，日日刊登新書廣告、連載名家小說、登載文化新聞，日積月累的影響，在在深化民間自主閱讀的共識。

漫漫旅路，苦苦尋索，常在巷衖遇見寫實的明治、浪漫的大正、前衛的昭和，看過保留完整的書院造建築，再在神社櫻樹下聽奉納的歌謠演唱；有時走進小戲館看改編自明治寫實作家森鷗外原著的電影《山椒大夫》、賞大正浪漫畫家竹久夢二的美人畫，聽昭和美聲渥美二郎的〈夢追い酒〉、谷村新司的〈昴〉、鄧麗君的〈愛人〉。

異動年代的社會形態，在經濟起飛的過程不斷更迭變化，看似創意文化也跟隨日本流風掀起熱潮，競爭激烈的各行各業，存在著你死我活的錯綜關係，「強者是王」的趨勢，成為一種現象，新聞業如此，出版經營如此。猶記當時，台灣文藝圈的寫作風潮，正從虛幻的鏡花水月出走，中時、聯合兩大報社的副刊，弓上弦，刀出鞘，為藝文、寫作注入新知活力，兩大才人主編高信疆和瘂弦相互競逐的影響，憑仗文學獎、專題報導、藝術展演，如雨後春筍的發掘、培育和造就無數優秀的文學、繪畫、藝術人才，適時帶領台灣文化氣勢，喧騰煥發的八〇年代，邁向無比輝煌的境域，促使寫作能手露才揚己，雜誌與出版業興隆繁盛，讓閱讀書刊、聽演講、看表演，成為時興趨勢；隨之，金石堂書店復以暢銷書排行榜為號召，形成讀者大排長龍購書，掀起書市一片大好光景。

當代人要說：曾經，出版文化輝煌的年代，台北擁有一條兩旁矗立各色書局招牌，長長到底的重慶南路，再徒步走過去，便是出版重鎮的城南。冬去春來夏又至，這種熱絡景象，如今說來，確實難以想像。

時當一九八七年台灣解嚴，言論自由與出版規範看似鬆綁許多，然，人們的閱讀習性並未因此擴增，某些認為文學是虛無，毋需重視的人，尚且懂得利用閒暇喝咖啡看時尚畫報；當時，台灣尚未興起喝咖啡的時髦事，會到咖啡廳啜飲咖啡的人，大都有錢人家、生意人，或佯裝上流社會的男女；這些人偶而拿起書，翻不到兩三頁就打起哈欠或睡著，不錯啦，捧著書還能坐著睡，也不是件壞事。

彼時彼日，書店林立、興辦雜誌、創立出版社、影視公司，成為時髦行業，當代人好生疑惑：為什麼會有這麼多人願意花大錢辦雜誌、出版，閱讀人口真有這麼多？終究，猶似日本泡沫經濟的台灣泡沫出版，不出幾年光采，隨重慶南路一家又一家歇業的書店消失，時代奔馳下頃刻衰頹的美好出版業，即便回來，其景致也著實不堪大用了。

原載二〇二三年八月十四日《中國時報・人間副刊》

桃園種了一棵
生命樹

我見生命樹，我在這個深邃的領域，猶然自在，感覺吹拂清透的微風和溢滿綠光的廣場，揚起陣陣風雅書香，那是獨具一格的藝文氣味，說是風花雪月、抒情翩翩也無不可！

這座寂寥的城市，就算是盛夏也熱鬧不起來。

二〇二二年暮秋，時序進入後疫情時代；曾經如是盼望，不久後的繁囂俗世，不再有更多天瘟疫癘和煩心事降臨。明知這是不做指望的荒謬愚妄，仍時刻抱痴心幻想，希望未來的日子不要過得那麼晦澀，若能燦明如昔更好。

當時這樣想，就在車馬若川流頻繁的南平路，聽見挖掘捷運車道的巨大機械聲，斷續起落，聲響刺耳，不若行道樹上撲漉的蟬嘶鳥鳴，開嗓啼叫來得悅耳。

這一帶要算這座城市近期開化，富裕的住商混合區，意想不到街道巷弄夾雜著田園、埤塘的郊野景象，不時見得路旁出現一兩畝農地。這一頭，苔蘚依根而生的藝文廣場，葉落樹叢下，由於光照和合適的潮濕，使種子發幼苗、長新樹，就這樣反覆循環。欣羨大自然，原該抱持謙遜的態度，純粹是它們不想被發現，只願悠然活在廣場邊陲。

幾年間，廣場周圍的深宅大樓紛紜林立，一塊見不著人文美學，遍尋不見任何一家書店的住宅區，憑虛取了個「藝文特區」的美名，這是被怎樣瞞昧的感覺吞噬的矯情？

冬季去過，春季到過，那是我搬遷桃園的最初，日子從暖春漫流到溽暑到寒冬，沒有藝文氣息和書店的城市依舊冷清：偶而我會到展演中心觀賞廖瓊枝歌仔戲、賴銘偉音樂劇，或融入草地野餐音樂會，面對單薄的無趣日常。

或許這只是個人對城市發展，不同印象的感觸！多年來也不曾聽聞過有什麼奇特的事蹟發生，直到深秋時節，路過南平路，看見拆除圍籬後的廣場，突地長出總樓地板面積1.4萬坪，二樓露台相連的兩棟樓房；平地一方屹立巍峨景觀，尚猶稀罕，或許正是執事者為踐行名歸實至的「藝文特區」稱號，特意在廣場新設一座如此壯麗的圖書館。除了書，裡面還招商設置多間影院、星巴克咖啡室、蔦屋書店、台灣霹靂。

無意中被翠綠的光影吸引，心底不免聲威助援的喊叫：藝文特區終於有人文了。

這座名叫桃園圖書館新建總館，被賦予生長知識的「生命樹」為設計概念，包含「知識螺旋」、「圓錐狀環保節能通風採光井」、「綠色螺旋」、「環保外皮」與「書架耐震壁」五大綠建築的元素打造而成。

兩棟建築連結成的生命樹，由設計二〇二〇東京奧運主場館、東京羽田國際機場、日本新國立競技場，知名的梓設計國際團隊和台灣郭自強建築師事務所共同擘劃。詩人藝術家許悔之說：「為自己的故鄉，感動！九月九日才在展演中心、圖書館旁散步過，氣氛很好。」

過去在藝文廣場見過許多樹，過去是過去，現在啊，如果有人告訴我，發現南平路新建一座叫生命樹的圖書總館，料想我必定像急著會見戀人一般，咻的飛奔而去。

有誰會無聊到為了要見一座叫生命樹的建築，急匆匆趕去相會？一定是我，那個愚蠢的書蟲，像腦子壞掉一樣大發痴迷。

好似以前在日本旅行，為了尋找文學地景，無論要到怎麼荒僻之地，也是毫不猶豫的前進；如今，一樣用旅行中體驗地景的感受，去看待這座陽剛又帶著安穩容貌，以大屋簷、植栽為特色的建築，氣派又具書卷氣的圖書館。

來自四面八方的白晝飛光，穿越各樓層，以花撲撲之姿，朝五顏六色的書牆直奔到底層，那精巧「綠色螺旋」帶來寫意盎然的光影，就在星巴克與天光共飲一杯香醇咖啡，意味這是充滿文藝氣息的光芒；直到夕顏灑落，總館的燈火向外投射，使這座屬於親子戲玩、街頭藝人演出歌聲的廣場，不再單調乏味，感官不覺深刻體會光與影躍動的幽幽美學。

現在看來別具景象的藝文廣場，老樹、新枝、圖書室、書店、影院、咖啡座，正以人文藝術之美，從生命樹散發，映照在藝文特區，添增幾許暖色調。

我見生命樹，我在這個深邃的領域，猶然自在，感覺吹拂清透的微風和溢滿綠光的廣場，揚起陣陣風雅書香，那是獨具一格的藝文氣味，說是風花雪月、抒情翩翩也無不可！

這個像布丁般柔和明朗的午后，忽忽想起座落早稻田大學，同樣擁有雅緻美的「村上春樹圖書館」，滿載書的意趣風情。美，終究要說出口，放在心裡未免氣度狹小，過於自私。這座供作藏書、借閱的總館，可以美成這樣，不免使人醺醺然沉醉其中。

憑恃對生命樹的眷愛，藝文特區鄰近的居民，承受起造工程的吵嚷聲，夾擊數年，算是走過來了。

我從中埔一街散步到南平路，聯想起還有什麼比疑惑讀書人不再喜歡閱讀，更令人感到遺憾。一座新款美學建築的圖書總館，座落在地價昂貴區，算不算奢侈？未解的省思：圖書館的存在對不再喜愛閱讀紙本書的現代人有何意義？

時間化解空間的隔閡，倏然記憶起生活在新竹的少年時光，為了借閱一本厚重的國語大辭典，從石坊街走路到東門護城河畔，一九二五年七月完工啟用，日治時期叫「新竹州圖書館」，以泥塑洗石裝飾牆面的圖書館門口，撞見一位穿著輕便拖鞋的年輕學子，被管理員擋在門外，脫口訓斥年輕人不懂禮節，穿著不成體統的拖鞋還膽敢進入圖書館。

舊時代的規矩真嚴厲，我趕忙低頭打量自己的穿著，還好，還好，我早被父母教導出門必須穿戴整齊，說是讀書人的禮節。

住在山裡不種點花，不好玩，就像住在城裡，沒有藝文活動，同樣不好玩。而圖書館是活化藝文的聖殿，是人跟見識、學問對話的所在，甚或是回應心靈的告解室，實在不敢輕瀆。

曾在圖書館借過一本書，不意讀到這樣一句日本諺語：「死亡是綻放的一部分，即使被踐踏也要像蒲公英一樣堅強的微笑。」小小年歲，尚能體悟這個世間雖則不盡完美，但絕不能讓自己因不識大體變鄙陋，而閱讀便是讓自己不致鄙陋的堅持。

規矩，是為了打破現狀才存在的嗎？我成長的七〇年代，圖書館是文青私會的地方，考試前K書的所在，也是作家取材的靈感來源；日本小說家村上春樹著名的《圖書館奇譚》，便是以圖書館為背景寫作的反諷小說，打破讀者對圖書館的陳舊印記。

「為了想弄清楚，鄂圖曼土耳其帝國，到底是怎麼搜集稅金的？」他寫道。少年決定按母親的教誨，去圖書館查查看。

來到圖書館說明來意後，依照櫃台一名女性的指引，走向位於地下樓一〇七號室。很平常地敲門，卻響起像用球棒敲打地獄之門般不祥的聲音，門打開後只見到一名長相奇特的老人。老爺爺幫他找來三本相關書籍，卻告知他那些書都不可以外借，只能在圖書館閱讀。在這個可怕老人的堅持下，少年跟著他走進圖書館一處不為人知、神祕漆黑的閱覽室，就在那裡，遇見了羊男。

……

少年來到圖書館，再也出不去了。

差些忘了，不知幾時曾到過生命樹工程中的圍籬外，沮喪的想著：這個四處充斥信口開河亂糟糟的社會，有些事不必知道或許比較好，尤其做為一介寫書人，走進圖書館閱覽好文、擇取好書，本質上關聯到可以使人遠離不快樂的喧囂。

我的前半生因長時間從事出版，平日談論最多的是書，明白文字不只活在書頁裡，也占據日常。閱讀的意義，就是不斷重複文字和思考的變化，而詞彙不就是為了向人表達心思而存在的工具！這是成天和我說話的書籍教會我的事。

凝眺圖書總館的綠光，這個沉靜瞬間，真的讓我有欲罷不能想一再進出的衝動，如同旅行日本幾年間，經常執意走進不少名家文學館，探究奧妙的文字世界，感到萬分新奇有趣；如同見過：坂本龍馬脫藩的四國檮原後山，一間讓人看過後，深切感受心怡的造紙小屋，因座落在滿山紅葉之間而顯得特別珍奇。

喜歡旅行中不斷移動的過程，一旦到達目的地，即是旅行樂趣中，使人覺到興奮的部分；是了，一定會有什麼在那裡等著，等你抵達後才能邂逅的美好景致。

我在生命樹邂逅了風的聲音和被風吹動的樹枝，還有被群樹撩撥開的寶藍色天空，真美呀！這片寧謐的綠光，清涼澄澈的空氣，自能沁人心脾，耐人咀嚼。這絕不是穿越劇！白天日光投射進屋子，鮮明亮麗；夜晚，燈火從室內滲出，與路燈光影互疊，使得明淨敞亮的圖書總館更加璀璨奪目，整座廣場看起來多了些奇幻之美。

不過就是一座圖書總館而已，說詞何需如此誇耀？這樣說吧，如果它僅是一間一般性質的圖書館，估計大概也只有鄰近住民偶或會去，若是把書架轉變成貓咪堂、樹木區、文學牆、歷史室等高明設計，顯示多元人文，也就是規劃成類比「書的節日」、「閱讀的文化慶典」那種生動活動，相信願意走進圖書館的人，就不會只是周遭住民而已。

再說，一個人的一生，惱人的煩心事多，難能盡全塞進小小的書頁中；一座具規模的圖書總館的藏書，卻能承載萬千先人之語，觀覽古戒，以為日常參閱。

無雨黃昏，我常散步到南平路，看總圖在夕顏下展露光澤，那是命中注定遇見的一本繁花大籍。對我來說，這幢屬於書的建築，來的時間，咸有耽遲，但，終究還是出現，就在我苦苦奔馳人生的後中年，在我差些遺忘「藝文特區」無有藝文志業時，看見桃園種了一棵生命樹，看見眾家名著住進光鮮綺麗的書的豪宅裡。

原載二〇二二年十一月一日《中國時報・人間副刊》

此去，行方不明

我的湖口事件如煙遠離，有時回首前塵，思緒難免變得混亂，直到現在仍被束縛，好似還沒發出聲音的吶喊，一直鯁在喉頭。

搬遷桃園那一季春天，以為來到一座清幽的田園城市，以為牽纏心底多年，不想與人聯繫的秉性，以及害怕接觸生人的毛病可以好轉，這是怎樣奇異的心理障礙？別說好轉，驚覺摸不著病痛的神經質持續惡化，經過十年，懼怕的症狀幾乎深入骨髓。

十年前，生活中習以為常的畫面，並未全數停留記憶中，一時想不起羅斯福路家門前的公車站牌是怎麼拆掉的？想不起媽媽第一次到台北探望剛出生的孿生孫兒，臉上散發什麼模樣的笑容？想不起父親躺臥病榻時，最後說了些什麼話？羅斯福路的家，父母到過好幾次，總覺得家人能在一起是再平常不過的事，所以，沒想要去特別記憶相聚時刻的狀態，然而到了今日，卻怎麼也想不完全任何一段跟父母、跟子女在一起的難忘回憶。

不免疑惑：時至後中年才遷移新鄉，情況會變成怎樣？還會是個有堅毅勇氣活命的人嗎?十年後的我又問，下一個十年，是否仍能與殘存的歲月同步並行?第二人生的階段，尚且需要繼續懷有遠大的抱負嗎?

人的一生，恆常遭受無情的現實擠壓、推倒、吞噬。十年前，我是憑藉怎樣的意志力，舉家遷徙桃園?因為不擅暴露，連自己都感覺快被時光隱沒，彷彿僅餘留無關緊要的零碎記憶;事實也是如此，以前的事，何須重提。

然，一時半刻還無法失憶，因為記憶一直活躍在滾動的現實中。

長時間潛居里巷，偶而在陽台見著明月、殘月，都像是遇見新月，日本人形容見到新月是:從一片空白開始，做什麼事都會動力滿滿，易於吸收，記憶也特別深刻。可我無論見過多少回，總是感受不到。尤其，新冠病毒侵襲人間最烈的日子，生活動能消逝，哪裡也去不成，僅能乘坐兒子的車子遊車河，車到哪，看到哪，龍潭大池、石門水庫、馬祖新村，一路閒晃。

夏日某天，「從楊梅富岡到湖口很近。」近乎無意識的去到湖口，從巷衖進入五十年前，曾在裝甲兵營區的國小任教的學校，放眼臨街，公寓大廈林立，池塘消失，榕樹不見，眼下無一物熟識，未及感動，徒增幾許感傷。

我在講課的教室走廊徘徊，面對空蕩操場，盛夏豔陽無人走動的跑道，周邊叢生雜草；倏忽想起當年的學生黃國展，就學師大體育研究所，日後任教雲林某科技大學，退休後供職牧師。

師大求學期間的某年春日，他去到離校區不遠，我從事出版工作的金門街敘舊；使人詫異的是，原本畏懼運動的男生，怎會選擇就讀體育科系？

久別重逢，他淡定的說出一段回憶：小時候習慣獨處，少跟同學一起，更不愛體育課，若不是當時在運動場，老師推他一把，要他下場融入同學之間的活動，運球、投球、殺球，感受球類運動的樂趣，大概也不會有後來選擇進修體育的意願。

他都這麼想，這樣說了，關於那些被我塵封的舊事，或許真的存在過。

他遞給我一份師大體育系訊的刊物，其中登載一篇由他發表的抒情文，如是寫道：

近十三年前的往事了。

當年您告訴我，您最喜歡屈原，我就一直崇拜屈原，因您而覺得他真是個有節操的人！每一天，看您瀟灑飄逸在講台上，總忍不住痴痴的望著您，每一天和您同桌共進午餐，是我最快樂的時刻；每一天，聽您叫我的名字，簡直教我興奮莫名。那一年，那一學期，是我最喜歡上學的日子。

那一年，每天上學，有三樣東西我一定會帶：便當盒、日記本、作業簿。便當盒，為了與您同桌共進午餐；日記本，為了每天要交給您評閱；作業簿，為了享受每天一個優等的嘉勉。因家貧，羞於在眾人面前打開便當盒，但與您共進午餐，我們會忘記羞澀、忘卻寒酸，同時也深深地敞開封閉的自我世界；您鼓勵並不勉強同學寫日記，總是把寫得好的幾篇唸給同學聽，您常唸我的，使我更認真的寫，時至今日，我已習慣性留下生活點滴；作業簿，篇篇優等誠屬不可思議，那種鼓勵，把我們提昇至另一種境界，天天一筆一劃的寫，您從不吝惜那個「優」字，後來更帶動我的力爭上游。

那一年，那一學期，是我最快樂的日子。您帶我們到池塘邊寫生，我們畫了：白鵝戲水、母鵝帶小鵝、放牛吃草。我們把椅子搬出教室，在大樹下上課、遊戲、唱歌，好久好久，不想再回教室去，我們玩躲避球，大家總為您那不斷續的讚賞而更加有勁，有您在旁邊，我們擲球出去，總是呼呼有風。那一年，是我最不懂得如何珍惜歡樂時光的時刻。

面對湖口舊事，我必須為自己的厭惡感作祟而停止負面思考。眼前教室早已翻修改造，根本認不清當時模樣，記得或不記得的身影，不復重現；五十年過去，從新竹到台北，再遷移桃園，難解故鄉、家鄉、他鄉的意義，而意義又有何意義？陳年往事，不如相忘。

這個未能及時忘記我的學生，用細緻入微的沉靜感受，寫下這篇文字。遺憾，我不是個墨守成規的人，像我這樣白首無成，對生活遲鈍到不知不覺，遑論對人生之道胸懷老成態度的老師，就算略懂教學，無甚稀罕，如何值得回味？

有人的地方就會有相遇和離別，這是無法避免的。我知道自己表面看來像是頗有堅毅精神，事實不然，我本是易於落入沮喪漩渦的人。

我告訴他有關我從新竹到湖口任教，那一場夢魘般的經歷：好比夏目漱石的小說《少爺》，敘述從東京到松山教書的「哥兒」，在校園蔓延的糗事、蠢事。同樣荒誕無稽的情節，一一浮現在當時的湖口，直到我魯莽的抗拒跟虛假的人事相處，最終不告而別，狠狠地揚棄迂腐的教學環境，此去，行方不明。日後回想，始知，我竟是翻版哥兒，那個涉世未深的率性傢伙。

再讀黃國展侃侃諤諤寫道的文章：

那年夏天，您離開學校；我們哭了，全班一起在教室哭。歡樂時光全然消逝殆盡！沒有人知道您為什麼要離開學校，離開我們，從來沒有人知道。

十三年了，我一直潔身自愛，一直懂得如何維持自己的純真，因為我一直以為我是您心目中最優秀的學生，那一天我遇見您，就在金門街，您已不記得我。十三年，我訝異您不再瀟灑飄逸，拖著蹣跚步伐，印象中未曾有過的削瘦，歷歷在目，我好想哭，遙遠的懷念，我不安的面對著您。

這我才明瞭，我們是您最後一批學生。因為我們在教室共進午餐；因為我們在池塘邊畫畫；因為我們搬出椅子在大樹下上課；因為您常穿牛仔褲；因為您年輕又富正義感；您被強烈的批評、指責、排擠。簡易的行囊，滿懷的壯志，您就這麼含怨隻身離開到台北。辛酸、沮喪、貧困、潦倒地擁著我們寄去的信，默默接受現實社會的挑戰。

好久好久，我們的信不再出現，您也歷經滄桑，然，十三年後的今天，我見您在出版界揚眉吐氣，赫赫有名。

老師，十三年了，這是一份我最懷念的師恩。十三年前的往事已赴雲霄，我似乎承繼十三年前您未盡的志向，未來的若干歲月，我也即將為人師表，老師，懷念您，今後，我會努力做一個好老師。我相信我能做到。

從桃園到台北很近，從楊梅到湖口更近，我的記憶卻隔離台北和新竹愈加遙遠，全然記不清我是怎樣和他以及其他學生分食我飯盒裡的菜餚。至於教學，當時我又是採取哪一種教育模式？可我確實要學生搬椅子到榕樹下上課，用每個人手中掌握的小石子演算加減乘除。

在金門街見到執著向學的昔時學生的文章，當然不會忘記，只是一時難辨清楚記憶中的從前、過去和曾經，是如何混淆人的有限記憶；我終究明白，最後會結束的事，根本不會終結，如同他在文中提及的師恩、懷念。而我離開教職已經多年，不再扮演教師也已很久，我跟記憶裡的過去既不是戀人也不是朋友，何來眷戀？說到底，過去經歷的社會，是世間，也是人際，無論如何還是無法分割，這是人生矛盾的課題呀！

若把回憶當東西看待，或許只是作為活命的手段，所以才要承受苦惱和病痛折磨的懲罰，我確信，所有不好的事，都因記憶而起。我的湖口事件如煙遠離，有時回首前塵，思緒難免變得混亂，直到現在仍被束縛，好似還沒發出聲音的吶喊，一直鯁在喉頭。

桃園生涯，偶而會夢見獨自一人坐在陽台抽菸，好像在等著誰出現，到頭來什麼也沒等到。而我確乎明白，即使等到，也是一場空！十年如夢一場，來去真快，別人能做得好的事，像笑或哭，像放下或不在意，我都做不好，這是拙於傳達心事的緣故吧！

就是這樣，每個人都有歸屬自己的天地，誰也進不去，這個世界，不敢挑戰意志的人多，不相信自己有多種可能性的人更多，若問我住在桃園會不會無聊、寂寞，會不會想念新竹、台北？其實也不是不會，想念就像下了雪也會融化一樣消失，真是徒然；我意識到自己好像已經在十年間找著想要的東西；那就是在自然法則裡，平平靜靜面對生、老、病，直到未知的凋亡為止。

原載二〇二三年二月七日《中國時報・人間副刊》

我只是碰巧
路過大溪

多少年來，他的成長故事感動無數人，無論過去或現在的歷練，都能投射給人持續活下去的力量，這樣的人生，適值典範，可以一部戲劇張力十足的勵志大書形容。

路過悠然大溪，我在水月無邊的大漢溪畔的老街巷衖，遇見人間國寶游禮海；從初識到多次見面聊起他木藝創作的驚奇，也過去幾年了，心神至今仍留置在那一幢植有一整列松柏大樹的古意宅邸。記得那個雨天，他用洋溢著老朋友的誠意，和我說了些無須刻意保有意義的木藝日常。

就算朋友，就算無話不談，還是可能有不了解對方的事；感覺在他身邊更能感受大師綻放的和暖光芒，絕非如他所言，他只是喜歡結交朋友而已。是他用心做他喜歡做的事吧。

多少年來，他的成長故事感動無數人，無論過去或現在的歷練，都能投射給人持續活下去的力量，這樣的人生，適值典範，可以一部戲劇張力十足的勵志大書形容。

一九三三年六月出生荒涼僻遠的大溪頭寮，無力頑抗從事牧童、礦工，既單薄又慘淡，鄙猥艱難的蒙稚生涯，如今已屆九十高齡的游禮海，自木藝製作中了悟《考工記》所言：「天有時，地有氣，物有美，工有巧，合此四者，方才以為良。材美工巧，然而不良，則不時，不得地氣也。」的奧妙哲理，並從中獲取繪製經驗與技藝巧能。

秉持一理通，萬理徹；三年苦功，四年苦楚的木工學藝中，大至寺院建築，小至神龕供桌、禪意佛像、山水景觀，創建了細木作廣闊的木藝視野，使他成為台灣傳統工藝、創意木藝錚錚佼佼的奇才。繼榮膺民族工藝獎、全國民族藝術薪傳獎、全球中華文化藝術薪傳獎之後，二〇二一年，因專研木雕藝術超過七十年，以創新思維，為台灣木雕工藝孕育豐富生命，得以「重要傳統工藝保存者：細木作游禮海藝師」獲選為文化部「人間國寶」殊榮。

游禮海出生的一九三三年，正值日治昭和八年，父母生育五個小孩，他排行第四，父親以礦工為業，三餐猶難熬度，是生計貧寒困窘的家庭。

少時，跟所有當代孩童一樣，頂著一顆青磣白亮的光頭在僻靜的頭寮生活，那顆青磅光頭好似剛被電鋸使力鋸斷的樹幹，殘留青澀光澤，絲毫看不出意氣風發的模樣。他的童年就在難能遂意的沉悶裡，任由荒蕪環境支配不安定的懸揣無奈，黯然度過。

父親去世後，家產僅剩五塊日圓，難以維續家計，母親獨力扶養小孩，備嘗艱困，內柵尋常小學畢業後，難能繼續升學就讀，十三歲起，日日早出晚歸，幫忙鄰人放牧，換取零用，他的內心不時吶喊：「天趕快亮起來吧，不要一直停留在暗夜中。」

十四歲的少年，抱持「持之以恆，即知即行」的信念，兼職做診所配藥助理員、汽車維修工等雜差，及至後來到李邦清茶廳當看守發動機的臨時工。

時值大溪木器業發展期，十六歲的游禮海，有感於四處打零工非長久之計，加上受到「一技在身身萬金」這句話影響，立下學藝志向，決意進入當時頗具熱門的木器業，找到當代盛名遠播的木器家具師黃全，祈求拜師學藝；僅有國校學歷的游禮海，條件不符常規，後來請託黃全的主顧李德興擔保，始得登堂入室，踏進黃家成為木工技藝殿堂少數的入門弟子。

起初，黃全感到這個年輕傢伙，既無高學歷和最起碼的經歷，偏又是重要顧客介紹的人，得罪不起，只能勉強接收；納為門下後，經常用難堪言語、動作，刻意刁難，試圖逼使游禮海離開。看在眼裡，痛在心裡，可為了學藝，面對任何不相稱的待遇，只能暗自吞忍，收拾齟齬怨尤，自放於學習之中。

甘苦勞動換得深刻的激勵，是因為「用心」；他一再強調，唯其用心才是有所作為的門道。

學徒生涯第一年，黃全為考驗他的作工能耐，都讓他做些無關緊要的雜役，清晨六點半起床，清掃環境、種菜澆水、抬木、鋸木到晚上七點，隨後再學習一些簡易的細木作；他不向環境低頭，僅能絕地求生，訓心持志、刻苦自勵，培養毅力朝「金剛不壞之身，八方風吹不動」前行。他說：「即使垂頭喪氣，也能看見地面，就繼續向前行。」

學藝過程，鑑於己身學歷低，識字少，學識不足，遂於夏日收工後的黃昏，前往鄰近私塾學習漢文、習作漢字，直到深更半夜回到寢室，繼續展讀《千字文》、《三字經》等古籍。為了深化木器結構的繪圖技能與視覺美學，他立志苦綀，趁便自修設計圖的繪製。

某日深夜回到宿舍，鑽進被窩點燈讀書，不知不覺讀到睡著，醒來時，驚覺整床棉被讓燈泡燙燒了大半塊，險些釀成火災，幸得師兄弟協助，私下花錢買來布料重新加工改造，否則恐遭逐出師門；看在黃全眼裡，料想他必是明理人，一定能感同身受游禮海求知心切的苦心，也就睜眼閉眼不以為意了。

對人默默說加油，也算一種溫柔吧。像他這樣生長得乾淨伶俐的十六歲青年，為了生活跑去當學徒，平時只能敲敲打打，釘釘錘錘；不諳現實，將來豈能會有大好前程？「花在花叢中，水在水裡面，人必須活在勞動裡！」對生命價值來說，他是這麼認為。

出師後的游禮海，在工廠協助黃全作業一年，以為回報；之後，這個心智早熟，正值二十歲的年輕人，因應時勢所趨，試圖擺脫對家具製作業刻板的印象，決心離開淳樸的大溪，前往台北尋求現代化木器的可能發展，便以啟發這個行業中西合璧，不拘一格的新創美學，同時學習獨立謀生。

台北學藝返回大溪，游禮海的骨子早已注入一股如木剛直的毅力，這股力量促使他相信，他的人生必須自己主宰，無需藉助他人相挺照應。

日子難免清苦，他會自得其樂出外散心尋思靈感，他善於處理放心與放下的修為，這些都能讓天性樂觀的能量淋漓盡致的發揮，甚至激起新希望。他說：「我要拋開消極、沮喪的心情，積極一點、積極一點，守護現在的生活。」

總是用樂天的性情克服困難，以期使自己脫離消極情緒，他的生命字典裡，沒有悲觀二字；創造，即是他的護身符。而他信仰的創意，即便來自有感而發，這「感」指的是，人的行為舉止都該建立中心思想，是中心思想決定人的言行舉止！他認為，理念確定價值觀和視野，不管做任何事，都要有這種想法才能使創作力精進，才能透過美學將創意轉變成視覺的、具體化的事物。他說，中心思想是他創造木藝的根源。

回想多年來身陷笨重的木頭堆，不由神氣起來；他對大自然的敬重之情逐漸澎湃，這時，彷彿置身在木藝是我，我即是藝術品的美感之中。

佝僂執刨，倚傍在摻雜蔭光微亮的木作檯，見他九十年歲，依然硬朗的體魄，一刀一鑿巧思作工，正研磨，覺得手重，惹惱汗水沾溼布衫，無論勞累，不說辛苦，一夜刨木到天明。在包容謙和、純粹的木藝小宇宙裡，他是如此信任木器之美，也相信美將給他的手藝帶來其大無垠，出神入化的創作力，宛若日本鎌倉時代，以鬼斧神工聞名，最具代表性的木雕師風聞運慶，絲毫不拖泥帶水的彫鑿出仁王像，好似仁王原本就存在木頭深層，那神乎其技的俐落刀法，叫人讚歎不已。

真的被美的哲思吸引，他堅持木器業應有屬於這個行業的特質，也就是說，不論衣櫥、門窗、桌椅、日常用品的設計，甚或行銷企劃，都該延展出獨特性，以期造就整體風格，成為主導消費者偏好的意識。美學需要經營，業務更需要經營，是他堅持的主張。

反思自己的一生，他與大自然美學緊密連結，無論木器創作、旅遊山水勝地、習作山水畫、勤學管弦樂器吹奏，都讓他秉持的美感創作，適逢其會的成為大溪木藝的特色。

翹首引領木器藝術超過一甲子的游禮海，特別重視古典與創新的融合，他堅決以傳統的榫卯結構作工，推展「藝術生活化、生活藝術化」，讓風格清雅、實用的新款家具替代舊式家具，並賦予傳承文化的意義。

游禮海的木藝工法，傳承自傳統細木作，不僅見證大溪木器，漢、和、洋，混合款式的演化，更以真工夫辟引木藝發展。其作品承繼閩式木作特色，兼具西式雕刻手藝於其中，造型文雅、繁簡合度，既傳統、藝術，又有融合性，是為台灣細木作工藝美學代表，同行稱他「積極主義者」。

回顧當時七十好幾，正面臨人生幾何時的年歲，游禮海毅然決心重返工作室，再拾鑿刀，投身山水木雕，創作〈景觀雕刻〉；這一系列作品陸續完成後，使他的木藝創作聲望卓爾不群，或有聞焉，成為業界大事。

向大自然取材，以及旅遊所見雄偉山岩壯壁帶來的靈感，加諸「以藝載道」的內涵，督促他的創作，寄寓天人合一，完美呈現心境與情境的奧義。主題「初心」，藉由山水之美鼓勵人在遭逢挫折時，保持初心，堅定意志不退縮；主題「大觀」，刻劃人坐山壁、流水洞穴間，視野與心境無比寬闊，闡述「海納百川，有容乃大。壁立千仞，無欲則剛」；主題「千年一日」，敘述天上一日，地上千年，彭祖向八仙求壽，孝感動天的典故。

多次造訪，我在大溪木藝生態博物館園區，從建造於一九四一，也即日治昭和十六年的大溪郡役所警察課官舍改建的「藝師館」，見到游禮海在入口山門寫下的對句：

藝乃滋靈甘露水
師為傳世文明根

「藝師」地位崇高，是大溪對木器業長者的敬重稱呼，不禁想起他說過的話：木藝美學的養成需要接受文化薰陶，並從閱讀人文書籍感受典雅，繼而呈現生命哲學、生活經驗，才能有成。

原載二〇二三年十月文化部文資局企劃，蔚藍文化出版《人間國寶：29位傳統工藝師的故事》

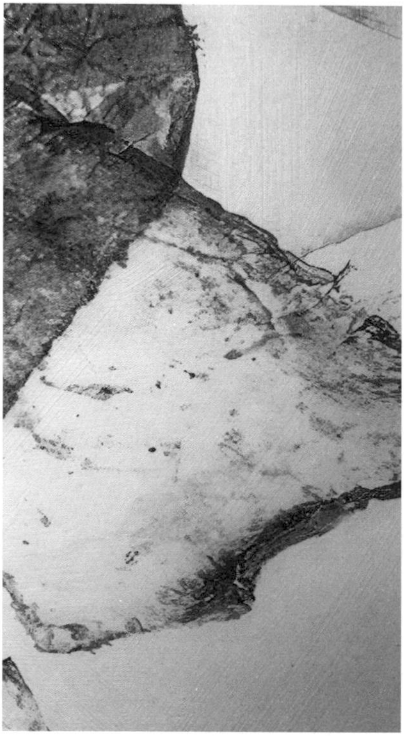

風吹米粉寮

為這群穿梭在米粉作業台執著工作，還一邊談笑的米粉嫂的親和，我感受到新竹除了年年吹襲九降風，仍有使人如沐適意的和風呀。

若要遺忘一個人，就從忘記對方的聲音開始；若是不想忘掉故鄉的面貌，就從聆聽風的聲音開始。

某一年夏末，我在桃園永安漁港聽海風剽速的聲音，疾迅的呼嘯聲不比新竹薄弱，不免想起青少時代在故鄉過著逆風而行的日子，猶記中學時代踩著腳踏車行駛在上下學路上，不時下車推著步行的艱辛模樣，開不了口的咒罵勁風冷不防襲擊而來，若是開口，強風使勁灌進嘴裡，好似呼吸便會瞬息中止，一切就此結束。

生活在起風如狂飆滾落葉的新竹，是一種被大自然現象牽連，無法逃脫的牽絆。風勢強勁時，樹海如波，只能避走屋裡，像孩子一樣隨風玩起躲貓貓。啊，這個以每年農曆九月襲來「九降風」見聞於世的都市，和人類的生存法則一樣，充滿著風愈大，人就必須選擇往前挺進或閃躲的無助行為；那是新竹人的生活態度，是識破自然循例的隨興適應，也是新竹人得天獨厚的生活樣貌。我從未真正見過新竹歷經多風季節，而改變挺立的英姿，也觸摸不著撒野的狂風究竟有多厲害，但他確切真實地以暴力之姿貿然向人撲擊，刺痛肉身顫慄。

我出生新竹，成長後，遠離常年起風的西門石坊里，北上工作，再求學，晚近移居桃園，經常從楊梅、湖口、竹北，返回故鄉；新竹市東南為金山面與青草湖，連山起伏，近郊十八尖山、客雅山，南面古奇峰與寶山相連，西南緊鄰香山，地勢自東南向西北漸次低夷，東南北三面環拱，西邊面臨台灣海峽，狀如簸箕，古稱竹塹埔，是為風口。

市區頭前溪與竹北相隔，向西北經南寮入海，距離市中心約六公里的海口為舊港，過去是竹塹與清國船舶往來頻繁的商港，日治時期荒廢，民船絕跡，及至終戰後，復於舊港南邊另闢漁港，稱南寮港。

九降風歇息時刻，看十八尖山細草微風、芳樹幽深的燦明美景，聽客雅溪清風漂流，倍覺親和自在，百年前，竹塹墾殖可是從香山沿海一帶開始，我那本家姓楊的父親即出生香山牛埔。

香山西臨台灣海峽，距離南寮港很近，東南山丘縱橫，轄區有客雅溪、三姓公溪、鹽水港溪等溪流，境內山丘：香山山、牛埔山、茄苳湖山，夏季盛產西瓜、越瓜、菜頭，沿海沙灘養殖竹蠔，年產量頗為豐盛。

香山海色聞名遠近，淡水廳志與新竹縣志采風篇多次將香山海域列入八景十二勝，取名「香山觀海」或「香山夕照」，強調香山的山村崗陵羅列如屏，其中以紅崩崁及塘山為觀海勝地。每當潮回，巨浪滔天，奔入汕內，登高遠望，汪洋萬頃，海水如雪捲銀翻，別開生面，洵為壯觀。除此，香山車站沿岸一帶及母聖宮山丘上望海看天，景色燦明生動。

香山客雅溪出海口風大，造就米粉產業，牛埔、埔羌園、南勢等地，依客雅溪而錯落的臨海村莊，成為米粉的主要產地，到香山旅遊，行過客雅溪及延平路臨海區，號稱米粉王國，可見以竹排斜置風口處，正待風乾的一片片白皙的熟米粉，躺在竹排陽光下吹風納涼的景觀，煞是奇特。

客雅溪的風、南勢的米粉，蔚成新竹市最大經濟動脈。倏忽想起長住桃園的詩人許水富老師親手烹煮的炒米粉，就算作家黃春明、洛夫、白靈都讚不絕口；或是大溪老街源古本鋪，被文人雅士稱譽的炒米粉，其美味使我憶起小時，母親拿手烹飪，風味絕佳的炒米粉，確是風城滋味，故鄉美食的極致。

客雅溪舊名隙仔溪，溪道彎曲，有九十九彎之稱。六〇年代的南勢聚落，是一片開闊水田，盛產白米，溪流兩旁取水便利，再加位居客雅溪出海口，風勢強勁，便於生產米粉，一九六一年初，台灣經濟正處發展期，米粉在貧困生活中算是主食，全盛期約有百餘人家聚集，以製作米粉為業，聚眾愈多，田野空曠荒地，到處可見晾晒的米粉，紛成一幅奇特景觀；久之，南勢間仔尾及崙仔，喻稱「米粉寮」，後來土窟啦和灣潭等地業者紛紛加入，整個南勢幾成米粉業集散地。

新竹市的季風是西部各縣市最為強勁，起風時，像隻脫韁野馬，奇襲狂吹，加上轄區沖積平原由東南向西北呈一喇叭狀，無論東北或西南季風從客雅溪進入，風勢無法約束，不斷增強，風強、雨少、濕氣低的天候，造就風乾米粉的有利條件，其中，以十月到隔年一月的霜風，空氣冷冽，陽光探頭，即成曝晒米粉的最佳季節。

新竹米粉概以機器、人工並行，作業員大都女性，手腳俐落，產能迅捷，工廠雖不比六〇年代多，年產量卻比過往高，廠家生產的米粉因使用不同白米，形成多種品牌，百年老店剩餘不多，包括安明、福利、瑞興、旭光、振興、日照和經裕，在在見證新竹米粉的演進。

新竹米粉在日治時期叫「水粉」，與竹蓮里生產的「白粉」一樣，同享盛名；但因「水粉」獲取風吹易乾，所以生產量大，最初生產的米粉叫「炊粉」，原料同為白米，品質佳，產品粗細不同，一樣美味可口，很快敲響名號，可一般人難辨「水粉」、「炊粉」，索性通稱「米粉」。

如今，機器替代人工，新竹米粉業盛況大不如前，然，路過延平路舊大鵬新村，依稀可見不少晾晒米粉的奇景，人們暱稱的米粉寮，發展於此。

某年十月，去到學生時期經常走踏的南勢大鵬新村，這個聞名的眷村，從迷亂的巷衖走到對街米粉寮，眼見攤在竹架，等待風乾日晒的米粉，真有喜悅之樂。

新竹米粉的根源在臨近客雅溪，面向海口處，但見晾晒一片片熱騰騰，剛出鍋的米粉，不禁好奇走進廣場旁的永盛米粉廠，眼見廠房盡是上了年紀的操作員，動作敏捷的正在磅秤裝配風乾的米粉、炊粉；愛說笑的婦人見我舉措生疏，不像壞人，並未拒斥陌生人接近，大方與我交談，講授不少米粉製作的基本要素。我被這勤奮的態度感染，頻頻發出驚異眼神，那襯托米粉製作所獲得的激賞眼光，道盡認真完成一件喜歡做的事，同樣能獲得讚揚的價值。

米粉生產過程繁複，是等待風起時刻吧，仲秋的風溜進米粉寮，吹過米粉嫂安靜的臉龐，我為這群穿梭在作業台執著工作，還一邊談笑的米粉嫂的親和，感受新竹除了年年吹襲九降風，仍有使人如沐適意的和風呀。

原載二〇二三年一月號一〇二期《鹽分地帶文學雜誌》

走進白瓷的故事裡

最潔白的東西，反而含有污垢；最大的形象，反而沒有形狀。道幽隱而沒有名稱，無名無聲，只有「道」，才能使萬物善始善終。

二〇一二年末，嚴冬寒流來襲的十二月三十日，我和家人神色黯然的駐守在台北羅斯福路舊居最後一夜，孩子不捨離去生活二十多年的家，無不悵然若失，獨宿孤房傷情懷；第二天，匆匆別離的搬遷桃園新居，讓三個小孩擁有各自房間，歡喜了卻心願。第一年，識得幾位鄰人，一家五口走過陌生環境，養了一隻虎斑貓，種了幾盆花草，常到社區咖啡廳吃鬆餅、喝咖啡，到峇里島式樣的中庭聽水流，到大坪數的和室看寫意的枯山水園林，賞一樹繽紛山櫻，使人內外寧謐，感覺心安就好，平安最好。

搬家前一日，藝術家王俠軍贈給一只窯燒白瓷，是他系列作品「晴空萬里」中，取名「無事一身輕」的歡喜菩薩，這只白瓷菩薩，神情泰然自若，洋溢一股雍容自在的氣息，這一抹如朝顏般亮燦的安然體態，使人感受世間萬般牽絆，於此並行決斷，人際牽扯的糾纏亦如浮雲淡化、飄走，輕揚的身體剎時徜徉在純粹的氤氳中，心無罣礙，暖意的幸福感一時瀰漫開來。

他沒說，我沒問，承受這座「無事一身輕」，是否意味遷徙桃園田園間，要我做個不再瞎忙，可以無事悠閒過日子的優雅人？

接收藝術家贈予新居禮物，驚喜萬分，捧著這只構思別具慧心，設計別開生面，以窯燒實踐白瓷美學，以技藝展現白瓷很難克服的美感張力，單腿懸浮半空的菩薩，看他眉宇間擰成一道溫柔神韻，好比一派雲淡風輕的自在，彷彿進到「無入而不自得」，開闊灑脫的境界。這樣神奇的技能，寓意視覺化、藝術化，在巍巍落落，毫光法相下，彷彿眾生種種恐怖苦，法王智光悉救濟的智慧之姿，演繹無事一身輕的放空心境，深化成晴空萬里、無盡超然的殊勝。

無事一身輕的「輕」會是他創作的要點？他說，用懸空的肢體陳述海闊天空時，悠遊的美麗，或以繽紛的手印，述說諸佛普渡眾生時，積極的歡喜。

不禁意識到人間困阨的一生，猶如一塊厚重鐵石，倘若將鐵塊放入水裡，必定下沉；若是把鐵石挖成空心容器，如造船，不僅能使船身漂浮水面，甚而載物萬千。人生不也如此，人心很容易在物慾洪流中，沉溺於感官的無邊汪洋；

如果把心放空，便能浮揚畛域，隨心所欲翱翔在人間孽海。

受到哲學、佛學影響，王俠軍的創作行動不拘泥刻板，總是自然展現開闊氣度，呈現輕柔的無重力擺姿；白瓷的製作，從胚體開始，必須克服瓷土細軟易塌的物理現象，以及瓷土胚體在高溫下，容易發生的15%收縮變化，才能獨現單腳造型。我喜愛的「無事一身輕」，菩薩立於空中的坐姿，流露隨興自在，象徵解脫對世事的牽絆；那種隨風吹拂，不受壓力拘束、不執著偏頗的放空狀態，身處塵世，心神顯得無比開朗。

我便想起日本平安時代末期，原名佐藤義清的北面武士，棄武從僧，戒名西行法師，具有修行者清冽枯淡個性的歌人。

後鳥羽天皇稱他「天生歌人」，一個鍾愛前往人跡罕至的深山，探幽訪勝的行吟詩人，著作多本歌集，《新古今和歌集》選錄西行九十四首和歌，不僅獲得極高評價，深刻影響芭蕉等後世文人。所作〈苦竹〉：「夏天的夜，有如苦竹，竹細節密，不久之間，隨即天明。」深受世人喜愛。

出家後的西行，在京都駐留過的勝持寺，六八〇年，由天武天皇勅令創建，七九一年，桓武天皇勅令傳教大師再建，並奉藥師瑠璃光如來本尊。寺院內植有以西行法號為名的西行櫻，每年春季約有近五百株櫻樹競相開花；勝持寺又稱「花の寺」，寺院寶物館收藏有國寶如意輪觀音像，重要文化財藥師如來坐像。

寂然清澄時，竟能安然如常，用心看著悠悠騰空的菩薩坐像，叫人看了歡喜心不禁由內而發，盡皆喜悅。

讀了幾句《藥師琉璃光本願經》偈言，說道：「願我來世，得菩提時，身如琉璃，內外明澈，淨無瑕穢。」我見王俠軍以藥師琉璃光之名，憧憬白瓷藝術的光芒，作為心靈修行意象，又從風輕雲淨的人情天宇，進入琉璃的美哉創作，意圖從琉璃光影彰顯的自在、自足、平和而澄明的境界，走進千金難求白瓷，可束之高閣亦可實用，厚實又樸素的內在。

人生本是「出生，然後死亡」的過程，生命中諸多苦痛，往往源自內心的不平靜；也即是，人類讓心承載過多欲想、負擔、壓力，這些欲想壓縮心神糾結成一團難清難理的毛球，四處滾動，所以不快樂，所以痛苦。

「正視死亡，才是更好的活著。」如此尋常一句話，隨口一說，便想著：

生活的壓力造成心的壓力，生命換來一串無常苦痛的組合，情愛變化、婚姻折磨、學業競逐、賺錢持家、人際紛爭、疾病纏身，沒有那個人能享有特權承接老天的恩寵，倖免於這些歸屬人類的運命。

料想，若能學習把心放空，把那些參雜劣質的憂愁、鬱悶、貪念、煩惱、慾望拋擲丟棄，心一定可以舒暢起來，心情一旦舒暢，平靜便能自在住進心中。我看王俠軍把「晴空萬里」寓意藝術化之餘，更將白瓷美學的奧義化成一縷輕煙，放空，無事一身輕。放空了的心，自然可以使身體翩翩揚起，人才可能用輕快心志，尋找超越智慧的快樂。

我識得的王俠軍，並非演員時代的那個名人，而是獲頒法國馬爹利非凡人物藝術獎的那個藝術家，我在靜觀系列「晴空萬里」的作品，直覺這樣的生命哲學家，他用白瓷藝術融入人心人情，說道：某天在北投泡溫泉，幡然發現，肉身與心情放空的結果，帶給人無比自在的神氣，那是一種讓心飛揚的「無事一身輕」，以此之念，開始製作「晴空萬里」。他看萬象懸浮，點滴無聲拂天際，自此愁心不再。

我與他在白瓷展示館飲茶談瓷土、聊《老子》，深切感受人的一生有多少歲月都在做著自己不喜歡做的事？又為喜歡做的事花費多少時間和心力？喜歡或不喜歡都潛藏有不願面對成功或挫敗的真實因子。

五十四歲那一年，是他人生經歷成功與挫敗的關鍵時刻，他用十噸泥土的實驗，進行白瓷研發；因為摯愛與珍惜的緣故，蘊藏在靈魂中，那一份對藝術的熱情，令他義無反顧把畢生精力與財力孤注一擲，嚴肅要求自己，這是人生另一個階段的考驗，也是最重要的驗證，證明他有實力、有能力，可以改變千年以來，古老中國一成不變的白瓷技藝。那一年，他執意告別過去，正式在十噸的瓷土中，尋找一個可以安身立命的人生註腳。

他用泥土之實、之美，賦予瓷土化身為永恆的白瓷，這是他輕蔑某種暗淡人生，恣意創造出來的典範，也是他在年過五十之後，最能體會生命本質的時刻。心思承受改變，他用美學意識，豐富瓷土的意象，繼而把泥土的氣味，用創意創造，證實泥土並非單一的、醜陋的、骯髒的，它的生命力誠為一種可變性的新奇體驗。十年間，歷經白瓷燒製的煎熬，使他獲致「人跡罕至的路，大不同」的道理。這一條獨創的白瓷創意之路，的確走得艱辛，他始終未曾離棄的佇足那裡，試圖從實驗與創作過程，尋找白瓷澄澈的風格。

白的本義為「空無一物」、「純淨無瑕」。白色是包含光譜中所有色光的顏色，被認為「無色」，明度最高，色相為零。藝術家視「留白」是境界表徵。他從燒製白瓷領悟，太虛世界能經由白淨確證生存的意義在於無爭與不爭，從而確信真正的「明白」即是「醒悟」。

古文「明白」二字，無非教導「至道無難，唯嫌揀擇；但莫憎愛，洞然明白」。莊子在〈天地〉提到「明白」，清晰入目：「夫明白入素，無為復樸。」意思是說：「那明澈白淨到如此素雅，清虛無為到回返原始的樸質，體悟真性持守的精神，悠遊自得生活在世俗的人，你怎麼會不感到驚異？」如此看來，「明白」一說，是透澈的白，不偏不倚的白，絕非含混不純的白，也就是，徹頭徹尾清清楚楚。

他說起老子《道德經》，說到高潔廉明的「大白若辱」，深刻明悟「道」的無為境界。「辱」有黑的意思，與白對立。老子本意是以白造緇，緇為黑色之喻，除去污辱之跡，所以稱辱。老子的「大白若辱」成為他製作白瓷的靈感，「在涅貴不緇，曖曖內含光。」白而透光的純淨質地為他所愛。

二十多年，設計白瓷所衍生的「明白學」，已然造就這項瓷器的代名詞。無論創意靈感來自何處，「明白」是他思維的根源，明白「唯心」最要緊；無心、痛苦、貪念，必使創造落空，心願無能實現，甚或談不上對美的喜愛了。

每個人生來就有自己的角色和本分，從來不明白自己這麼愚蠢，一只「無事一身輕」，王俠軍教會我認識最潔白的東西，反而含有污垢；最大的形象，反而沒有形狀。道幽隱而沒有名稱，無名無聲，只有「道」，才能使萬物善始善終。

原載二〇二三年二月二十六日《中華日報．副刊》

本圖經《人間魚詩生活誌》同意，載自第十四期專題圖片。

【報導】

飛越與沉澱的寫作之道

——陳銘磻的「大寫」人生

◎郭瀅瀅

五十多年的創作生命，是一百一十八本書的完成，也是陳銘磻多重身分的完成——作家、編輯、作詞人、出版人、編劇、教師、廣播與電視節目主持人——而在閱讀近年的兩本著作《給人生的道歉書》、《我的少爺時代》，探尋了作家一路走來，情感與人生的祕密，如同他在訪談中提到，兩本書的寫作過程，是對人生的盤整，盤整中，或將察覺自己遺漏的部分、未曾坦白與透露的情感——也許是旅途中短暫而深刻的情愫，也許是未曾實現而仍嚮往的夢，也許是對父親、對母親的愛與歉意，甚至是對人生的遺憾與自省。

在陳銘磻一生的寫作航程裡，展露兩個不同的自我：一個是行動能量充沛、冒險性格、開拓未知道路與奉獻、熱切與堅定；一個是善感、沉鬱、耽美、哀愁與擅於自省。正是兩種不同自我的抗衡、融合與跨越，成就如今的陳銘磻——一位「大寫的寫作者」，作家向鴻全教授如此形容。若不是他以寫作記下童年患病、飽受訕笑與年少自閉症的記憶，實在難以想像如今這位被稱「大寫」的人，也曾面臨內在的幽暗與沮喪的過往。摯愛的父親曾擔憂他的未來，而當獲知他大學考上世新廣電科時，還感慨落淚。

本篇報導希望留下陳銘磻五十多年的創作生涯，為「文學」奔走的軌跡，並以回憶錄、傳記性方式呈現成長背景、童年、年少歲月、兵役期間的記憶，以及出版第一本書至今，足跡遍布各地的文學實踐，也由此探尋，「文學」是如何作用於一位作家的生命、如何安頓一顆年少敏感而多愁的心，以及一位作家如何以外在行動，實踐與回應對文學的熱愛，且將寫作視為終生行走的道路。

寫作——美麗的痛苦，而我接受它

「寫作，是一條又苦又痛的路，然而它是美麗的痛苦，我接受它。」談起寫作，陳銘磻坦白而真誠，無奈裡有著一絲寫作者才能領會的幸福。寫作對他而言，不僅有堅持，也有迷惘與苦澀，他描寫如此多重的心情：

那些執意投身創作的時光，難免困頓，在煩囂城市找不到答案，只有繼續上路，奔赴下一個遠方，直到走過許多地方才恍然，不被多數人領會的文學，原來早已藏匿生活中，不管心思是否確定，行動早已給了最確切的答案。

——《我的少爺時代》

也許更深的自我，是在不斷奔赴的「遠方」才能遇見，並成為推動前行步伐，一股堅實的力量。創作量豐沛的他，謙稱自己並非生來就是寫作好手，許多文章是一修再修，反覆雕琢，即使如此，卻少有因挫折而喪志：「發現不足的地方，我總是很快樂，我可以透過不斷演練、學習，彌補不理想的一面。」正因歷程中的苦澀與勤奮，更彰顯性格裡不畏艱難的秉性——不僅是對寫作本身的堅持，也是對語言的執著與對文學的敬意——在不斷翻越自我侷限的高牆時，一次又一次為自己的寫作開創新局，繼而成就如今擁有多元身分的陳銘磻。

成長的苦悶——身體的磨難與自閉症

由於足跡遍及藝文領域，若不細讀文本，實在難以想像他的成長過程，曾有過苦悶與自閉的記憶。二〇二一年出版的《給人生的道歉書》，他在〈脆弱魚蝦等著被黑鱸魚吃掉〉寫下小學六年級因風寒而引發顏面神經失調，透過中醫師的民間療法，在右下顎塗抹一尾添加中藥的剁碎魚屍，因腥味遭同學鄙視、嘲笑而感到難堪的往事。訪談當天，問起這段經歷，他也如少年般直言與坦率：「從此我厭惡魚、不吃魚，更不愛講話，所以初中時罹患自閉症，一直到結婚後才慢慢恢復吃魚。」由於當時無法控制臉部的右半邊肌肉，拍畢業照當天，攝影棚的燈具投射的強光，使症狀加劇，顏面扭曲，慘遭同學嘲笑眼歪嘴斜。

「那道光」落下的陰影，直到成為報導節目主持人時仍未褪去：「主持電視節目，大都希望不要指派我到棚裡錄影，因為陰影還在，覺得外面的自然光比較安全。」成長階段的傷痕、異於常人的特殊經歷，反而練就他細膩的觀察力，日後寫作，總能以具洞悉力的目光，入微而透澈地書寫個人與他人的生命故事。

寫作緣起：看見父親在黃昏前，趕稿的身影

至於是在什麼機緣下開始寫作？少年時，每當放學回家，就會看見從事記者工作的父親，在黃昏前振筆疾書趕稿的身影。他提到：「記者的稿紙比作文簿的格子多，他竟然可以把密密麻麻的小格子寫完，令我羨慕。我作文簿的格子那麼大，卻常常寫不完。」出於景仰與羨慕，一股單純的意念便從內在升起：「長大以後我也要和爸爸一樣」，即使當時尚未對文學有所認知，且不喜愛寫「作文」的他，卻因父親而許下願望。

初中時，因自閉症與同儕疏離的他，正處於血氣方剛的年歲，當看見經歷日治、民國的父親，在記者職務上，一路從日文、漢文書寫，到辛勤苦練文言文式的中文，卻被隨國民政府來台的御用記者欺負、嘲笑「中文能力差」，除了心中暗自替父親抱不平，更是將滿腹憤慨化為積極行動，下定決心以自己的書寫基礎、閱讀父親的文章及累積的經驗，直接替他寫作新聞稿。從此，文字便進駐生活，無形地轉化生命，並成為把寫作視為志業的開端：「我與

文字結婚，又為了增加自己的書寫功力，拚命閱讀，父親的書櫃有什麼書，就讀什麼。」談起那段筆耕階段，仍看得見他性格裡堅毅、執著而努力不懈的影子。

年少時期，正是二次世界大戰結束不久，社會氛圍壓抑、思想飽受禁錮而不能暢所欲言的年代，「尤其我是記者的兒子，新聞記者是知識分子，被壓抑得更厲害。但我只管讀自己的書、玩自己的遊戲，不去理會外面的世界，也許這是我的個性吧」。當時，也是存在主義思潮興起的年代，對個人存在與價值普遍感到徬徨、茫然與困惑的情境下，他埋首閱讀卡繆、齊克果、沙特、杜斯妥也夫斯基等代表性人物的哲學與文學著作，卻獨鍾同一階段閱讀的日本文學，心繫三島由紀夫、川端康成、夏目漱石、芥川龍之介等文學著作，也許它們將年少時那份難以名狀、細膩而多重的思緒，賦予一個可見的形式，並在與內心相互呼應與震盪中，持續影響陳銘磻往後的步伐。

那羅部落——心靈的原鄉、美的震盪

除了日本文學，一段獨特的部落生活經驗，如同自廣闊大海湧入的養分，成為寫作生命的鹽。一九六九年夏末，十九歲的陳銘磻受教育局委派，前往新竹縣尖石鄉「那羅部落」錦屏國小任教。起初，面對泰雅族學童，不免因語言隔閡而感到心慌、無助，後來他受原鄉的純粹、尚未被現代化開發的山徑之美感動，彷彿找到心靈依歸，便將自己青澀而易感的心，安置於原始而靜謐，仿若世外桃源的幽豁之中，為自己的文學潛能，注入新的靈魂。「那羅部落對我的寫作與成長影響最大，所以我稱『那羅』是心靈的故鄉。不止是那塊土地，還有我在那裡的生活型態與方式，以及所獲得的，人的關懷。」回憶裡，是徜徉於自然的美好時光與生命光澤，「音樂課時，我帶著學生去那羅溪，在溪邊唱歌；假日不上課，學生會帶我去爬山，然後戲弄我，我也從年少時的有脾氣變得沒脾氣了。」

記憶裡縈繞不去的，是部落男子洛信（雲天寶），獨特的氣質為他帶來美的震盪。該如何形容第一眼見到這位少年的讚嘆與震懾？也許是一瞬間的吸引過於強烈，使他在描述中，遇上語言的極限。在《我的少爺時代》裡，他寫道，第一次看見洛信時「充滿詭祕莫測的好奇」，「這種少見氣宇軒昂的美少年，使人萌發一股強烈的嫉妒，如前所述，為什麼一個凡人能擁有如許優越的秉性？」兩人結識後，不僅惺惺相惜，以年少最為純粹、炙熱的心走進彼此的生命，並以文學激盪彼此純淨的心靈，二人相互影響，各自成就所好事業。日後，雲天寶因跟隨陳銘磻而喜愛文學，在竹東開設書店，而後進一步踏入政壇，成為新竹縣議員、尖石鄉長、原民處長，被喻為「文學鄉長」。

這份情誼因文學而走得深遠：二〇〇二年，陳銘磻協助尖石鄉在那羅部落建造台灣部落第一條文學步道「那羅花徑文學步道」，聳立的文學碑，刻上多位作家歌詠尖石鄉自然之美的作品，讓遊客不僅能欣賞部落風貌，更透過文字的審美滋養心靈，可惜文學碑於二〇〇四年遭艾利颱風侵襲，沒入那羅溪谷。二〇一二年，他再度推動「把文學種在土地上」的理念，與三度當選鄉長的雲天寶，建造「那羅櫻花文學林」、「那羅詩路」、「綠水廊道俳句碑」等，搭起地景與文學的橋樑，不僅為地方注入嶄新風貌，也透過詩歌、文學作品，令人深思人與環境的共生關係。

窗前的玫瑰——當兵，在碉堡寫作的時光

寫作，不僅在陳銘磻的年少、尖石教書階段扮演重要角色，兵役期亦然。「我常覺得老天對我很好，在桃園觀音當兵時，可以自己掌握的時間很多，那裡簡直是『三不管地帶』，我經常躲到碉堡裡寫作。印象中，碉堡很大一座，可以容納四部並列的卡車，可惜的是，現在去再也看不到碉堡了。」回憶服兵役階段的寫作，竟隨時間推移而消失，陳銘磻悵然地說。而寫作，不僅是隱密的情感抒發，也為他的人生帶來轉折。

「某一次在觀音海防服勤，見到一位坐輪椅，手拿一束花的女孩，被一位男生推著走，兩人不時看向彼此，這情景使我不由自主拿起紙片，記下瞬間的感動。回到寢室整理文字後，儼然成為一首詩，我為它取名〈窗前的玫瑰〉，

再用毛筆寫入稿紙，寄給當時走紅的歌唱節目主持人、民歌始祖洪小喬（你看，我有多大膽）。隔了一陣子，她回應了，把我的詩譜曲成歌。直到節目播出那一晚，部隊操課時間，經營長批准改成官兵聚集連集合場看電視，聽小喬演唱〈窗前的玫瑰〉。當時，覺得是莫大榮耀。」即使他並不特別眷戀昔日的光彩事蹟，但回憶起頭一次觀看自己的文字被端上螢幕，彷彿躍入喜悅的曾經。

一首〈窗前的玫瑰〉不僅以抒情撫慰同袍的心，也連結起陳銘磻與洪小喬的友誼。二〇一二年，那羅櫻花文學林開園，他以自己對櫻花的戀慕，寫下一首〈櫻花落〉，由同樣喜愛櫻花的洪小喬譜曲、演唱，而其中對櫻花盛開與凋零的詩意描寫，如同他喜愛的日本美學「物哀」，除了審美的愉悅，也涵蘊「物」在現象裡必然消逝，歸於虛無的愁思。

第一本書，為寫作帶來美好的波瀾

二十四歲，陳銘磻以第一本散文《車過台北橋》，記錄在部落教書的生活與兵役生涯的記憶，回顧第一本書為自己帶來的影響，他說：「這本書為我帶來很好的波瀾及後續，讓喜歡寫作這條路可以持續下去，並廣闊人脈、寫作方向與領域」。當時，正是他隻身北漂工作的第一年，擔任小說家曹又方主編的雜誌《老爺財富》中文編輯，不久，受聘《愛書人》雜誌主編。他自謙求職歷程總是幸運與順利；過去，他曾擔憂全心投入創作，有朝一日若是寫作路中斷，該如何維生？「幸好，我還會編輯。我從未認為編輯與寫作是不同的事，我曾協助父親創辦的雜誌當編輯，他創立的《竹聲週刊》、『號角出版社』，有一陣子經費不足，我便帶領弟妹一起切割報紙上的鉛字、排版，從中學習到編排的美學。」父親始終是他言談間最常提起的人物，不僅是內在生命的支撐，也是寫作最初的典範。

談起第一本書，陳銘磻語帶羞澀，或許以初心寫成的作品在他完美主義的眼光裡，總有未竟完善之處，卻是最真摯與純粹的情感軌跡，「我從初中開始閱讀《羅蘭小語》，它對我的寫作風格有絕對影響。我散文裡的詩意，承受余光中、洛夫影響不少。當時，余光中的詩集《蓮的聯想》很有名，讀了之後，我也開始以蓮花來形容初戀的女孩。」他笑著。以蓮的意象寫成的文字，究竟是一首詩或是詩意的散文，他記不得了，僅留下一個浪漫、遙遠而模糊的記憶。

他始終記得，替他出書的出版社老闆潘勝夫，說過一句影響甚深的話：「幫你出書，並不是要讓你當紀念品」，秉持這句話行走寫作征途，他不僅持續深耕，並於日後的寫作主題有巨大跨越。

報導文學——揭露被忽視的角落

一九七七年，陳銘磻二十六歲，在高信疆先生的號召下加入報導文學寫作，一九七八年以挖掘社會底層、揭露人性現實陰暗面的報導文學〈賣血人〉，獲得廣大迴響——裡頭不僅透過細膩的文學筆觸，呈現位居底層的賣血人，艱苦的生活狀態與嚴酷的生存環境，更揭露醫院與血牛勾結，聯合剝削賣血人以生命所換取、緩解生活困境的微薄酬勞，不僅為社會帶來衝擊，也引起各界重視；

一九七八年，又以〈最後一把番刀〉呈現原住民面對現代文明的衝擊與適應的問題，並透過個人在部落的生活經驗，深入觀察並提出見解，獲《中國時報》第一屆報導文學類優等獎，除此之外，報導寫作範圍更涵蓋洗屍工、建築工、男同性戀等族群，在〈最後的妝扮〉、〈鷹架上的夕陽〉、〈台灣吹男風〉裡，是採訪當事人與不同立場、身分的人士的珍貴實錄，也是他對這片土地的敏銳觀察、對社會底層被忽視的人群的同理與關懷。

我很高興曾經介入，也勇於面對地離開

除了報導文學，陳銘磻寫作題材多元，一九七九年，與導演徐進良合作，聯合吳念真、林清玄跨足影壇，撰寫中央電影公司年度大戲《香火》，隨後又進入中國廣播公司與製作人潘麗芳主持廣播節目，並與陳皎眉教授主持台視「人．書．生活」節目；那些年，他把父親創辦的「號角出版社」遷址台北市金門街營運，擔任發行人、總編輯，出版第一本「愛書人叢書」《石坊裡的故事》——書寫出

生地石坊里。

一九八五年代開始在耕莘寫作會擔任編採班導師、主任導師；一九八六年，以暢銷書《報告班長》獲蒙太奇電影公司青睞改編拍成電影，庹宗華、李興文等主演，庹澄慶作詞作曲；一九八九年，以沈芸生為筆名，主編數十部《軍中笑話》系列叢書，因暢銷而首開進駐便利商店販售。系列書籍風靡校園與大眾生活圈，成為許多閱讀者的集體記憶，並為苦悶生活帶來趣味。多年後，受聘柯林頓國中小文理補習班授課作文十年，期間，還受邀大愛台主持《發現》人文報導節目。

然而，問起如今是否有回歸出版業的意圖？他搖頭苦笑：「出版業的憂與喜、好與不好我都接觸過。有高峰也有沉落的時候。有時必須配合社會環境、閱讀人口、閱讀習慣，而現在閱讀人口越來越少了」、「我很高興曾經介入，也勇於面對地離開。因為經歷過，不愧對父親就夠了，畢竟我曾風光的把它經營起來。」

日本行，是對父親的思念、對作家的致意

漫長的閱讀與寫作時光，有大半時間沉浸於日本文學的陳銘磻，除了讚嘆日本文豪對人物心理狀態的細膩描寫、景物與文化內涵、精神價值的融合外，同時開啟他對報導文學更多元的想像。「日本文學影響我後半段人生的寫作，不論風格或方向，也影響我對生命的理解，我在其中找到自己書寫不足的地方。」作為報導文學「先鋒部隊」的成員，他不僅在時代變革下，仍有著延續報導文學命脈的使命，更有著求變的心：「不能讓報導文學停滯下來。但這一條路差不多就是這樣了，所見作品大都是社會議題的呈現，而電視節目已經夠多社會議題了，後來我想，從二十九歲第一次去日本旅行，到現在已超過四十多年，不想純粹以雜記、日記的方式寫作『旅行文學』，我應該要以報導文學為概念、賦予自創性的『文學旅行』寫作」。

年輕時的陳銘磻，桀驁不馴，經常與摯愛的父親起爭執。他提起第一次由父親引路的日本行，感慨地說：「第一次到日本，父親安排許多神社、寺院的

行程，當時我因不解而狂飆少爺脾氣，直到後來從事日本文學地景尋訪工作，才驚覺父親真的是『日本通』，他帶我去過的寺院都充分傳達了日本的歷史、文化」、「事隔多年，他離開人世後，我才恍悟誤會他許多。所以當我後來寫作日本文學地景時，特別用心，感覺誤會了他最初的用心，實在抱歉。」

於是，從日本文學中遍尋地景，便成為後中年時期的重要任務。一次次造訪日本，不僅讓日本文學在他的生命留下深刻的創作底蘊與美學啟發，一趟趟日本行，更是對父親的思念、未竟之愛與對仰慕的作家的致意。日後，惺惺相惜的女兒也陪同他進行地景搜尋的任務，並因緣際會留在日本就業，持續協助他完成文學旅人的「日本文學地景紀行」。

為「桃園文學館」寫作的《日本文學館紀行》

五十多年的創作生涯，陳銘磻從未停下腳步，二〇二二年，他集結四十年來探訪日本文學館，寫下《日本文學館紀行》一書——裡頭有五十座以作家、名著、地方為主題的日本文學館，他把自己對文本的閱讀、詮釋與對文學現場的尋訪與實際考察，融合能展現建築、館內樣貌的攝影，將作品蘊含的精神與文化內蘊帶到讀者眼前，閱讀過程，如同跟隨作者的步伐，進行一場又一場紙上文學館的巡禮。他提到，此書是為桃園文學館而寫，也提供給台灣執掌文學館業務、文學活動的機構借鏡。

然而，「書只是『文字』而已」，他說。二〇二三年三月在桃園市立圖書總館舉辦的「日本文學館物語——陳銘磻文學行旅私房收藏展」，便是以行動作為示範，「希望未來的桃園文學館，不致成為『蚊子館』」。展覽會場不僅展出創作四十年來，走訪文學地景、文學館所購入的文創商品、作家手稿、紀念物、精裝原文書、紙工藝品等，也展出他的日本文學地景與文學旅遊著作，讓人一窺「文學旅人的人文養成」，透過物件，彷彿走進一條文學與生活記憶交織的時光隧道。

談起未來台灣的作家文學館，是否可能有別於目前的現況與發展？他感嘆於當前的危機，並提出建言：「台灣的閱讀人口越來越少，不僅科技改變了多數人的閱讀習慣，在政府普遍不重視文學的環境下，出版業營運艱難，很難養成大眾對文學的認識，民眾更難主動參觀文學館。我認為把作家的文學館部署在大學裡，如同早稻田大學的『村上春樹圖書館』，這是可行的方式。」

在自己的海洋裡，玩自己的遊戲

從二十四歲出版第一本書至今，一一八本書的創作量，堆疊起來如一座小山，甚至高於他的身長。當回顧過往人生時，陳銘磻萌生歉意的說：「我的人生已走到一個階段了，卻發現這輩子，即使已經寫了這麼多書，卻從未好好面對自己。我大部分時間是不快樂、憂慮的，明明生活方式可以取捨，為什麼偏偏選擇不快樂？這是我的人生，我卻無端憂愁。實在該向生命道歉。」他說，在構思《給人生的道歉書》時，透過盤整過去，察覺自己竟然習慣愁苦，而那些在旅途中，未能坦承的隱蔽情愫、謬誤的愛，竟駐留內心深處，成為幻象，最後只得藉由書寫，悄然面對一段不曾散去的曖昧情感。

步入「後中年」階段的陳銘磻，自二〇一二年底離開定居四十年的台北，舉家遷居桃園，從起初適應變化的悵然若失，到享受一座城市的恬淡與靜謐，他在向台北——記錄文學歲月與步履的告別中，完成數量豐厚的著作。生命情境的變化對他而言，正如記憶中的故鄉新竹市——那童年時母親陪伴、攙著他往前行走的石板路，總有「說來就來，形跡詭異；有時輕盈柔和，吹拂清爽，有時又像一場無法提防的災變」的九降風，身處其中的人得適應它的多變與詭譎，也正如他不斷在寫作中適應時代變革、突破自我侷限與求變，在耕耘中確立並走出自己悠遠而綿長的文學路——行走於路途的他，是堅持且不受影響的決心，他形容自己的寫作之道：「山高不礙雲飛，竹密何妨水流。當你真的想寫作，任何障礙都抵擋不了。當前方有大石頭，必須想辦法把它移走。」

他幽默形容自己的「雙魚性格」，不容易受外在紛擾的影響：「我的腦、我的心不想容納太多不必要的事，寧可維持自己的情感方式、雙魚座浪漫的『胡思亂想』，然後在自己的小海洋裡，玩自己的遊戲，而我的海洋世界也算是寬大的，偶爾，我會游出來看看其他的海域。」

時間，這艘神祕的船

陳銘磻的寫作海洋裡，不僅容納個人的小我，也通往普遍性的情感，於是在閱讀著作的過程，總能與之共鳴——他的散文來自生活深處，深處流淌著詩意——而穿梭在字裡行間的，是一股憂愁氣息。也許在書寫當下，藏匿於日常表面下的憂愁，便輕易地被語言喚起，也能被墨水逐一稀釋，並在筆尖觸及紙張的瞬間凝結、沉澱，蓄積為下一次書寫的能量。

「近年寫作每一本書，我都以最後一本的心情看待。結果……，好似還有下一本。」他說。不斷寫作的生命，除了記下經驗的印痕、行走的腳步，也許更是在生命航程與時間旅行裡，對「未知世界」的探詢，如同二〇〇二年他在《尖石櫻花落》寫下：「時間之旅這艘神祕的船，將載著我們橫渡許多未知的世界，而這些不明的世界，在躊躇中愈發成為追尋過程的無限興味。」寫作當下，這艘「神祕的船」正從當下航行於經驗與記憶的餘波，並在時間的回溯裡，潛入更深與未察覺的自我，任由它開展出一條不止息的寫作旅程。

原載二〇二三年夏季號第十四期《人間魚詩生活誌》人物報導

郭瀅瀅　簡介

一九八八年生，哲學系畢業。獲優秀青年詩人獎、中華現代詩獎金質獎。詩文、攝影散見報刊雜誌。曾任新聞編輯、記者，現為《人間魚詩生活誌》主編。

國家圖書館出版品預行編目資料

記得你的好 / 陳銘磻著 . -- 初版 . -- 臺北市 :
聯合文學出版社股份有限公司 , 2024.03
248 面 ; 14.8×21 公分 . --（聯合文叢 : 738）
ISBN 978-986-323-599-6（平裝）

863.55　　113002232

聯合文叢 738

記得你的好

作　　者／陳銘磻
發 行 人／張寶琴

總 編 輯／周昭翡
主　　編／蕭仁豪
編　　輯／林劭璜　王譽潤
資深美編／戴榮芝
業務部總經理／李文吉
發行助理／林昇儒
財 務 部／趙玉瑩　韋秀英
人事行政組／李懷瑩
版權管理／蕭仁豪

法律顧問／理律法律事務所
陳長文律師、蔣大中律師

出 版 者／聯合文學出版社股份有限公司
地　　址／(110)臺北市基隆路一段 178 號 10 樓
電　　話／(02)27666759 轉 5107
傳　　真／(02)27567914
郵撥帳號／17623526 聯合文學出版社股份有限公司
登 記 證／行政院新聞局局版臺業字第 6109 號
網　　址／http://unitas.udngroup.com.tw
E-mail:unitas@udngroup.com.tw

印 刷 廠／約書亞創藝有限公司
總 經 銷／聯合發行股份有限公司
地　　址／(231)新北市新店區寶橋路235巷6弄6號2樓
電　　話／(02)29178022

出版日期／2024 年 3 月　初版
定　　價／380 元

ISBN 978-986-323-599-6（平裝）